スキルはコピーして上書き最強でいいですか 2

改造初級魔法で便利に異世界ライフ

ALPHA LIGHT

深田くれと

fukada kureto

JN095865

アルファライト文庫

登場人物紹介
Main Characters
バール
圧倒的な戦闘力を
誇《ほこ》る悪魔。
サナトに倒されたはずが、
再び姿を現す。
リリス
人間と悪魔の
血を引く魔人。
特徴《とくちょう》的なスキルを持ち、
ステータスも高い。
サナト
（柊《ひいらぎ》佐《さ》奈《な》人《と》）
本編の主人公。
異世界転移者ながら、
清掃係として暮《く》らしていた。
ダンジョンで新《あら》たな力に
目覚《めざ》める。

ヴィクター
パーティのリーダーを
務《つと》める剣士。
プライドが高く、
周囲を顧《かえり》みない。
アズリー
才能豊かな
回復魔法の使い手。
かつてサナトを
救ったことがある。
ルーティア
ダンジョンコア。
謎《なぞ》スキル『エッグ』が
進化した存在。
サナトにしか声が
聞こえない。

第一話　お礼がしたい

バルベリト迷宮の十二階層にて、突如《とつじょ》悪魔の襲撃《しゅうげき》を受けたサナト。圧倒的な力を持つ悪魔――バールを前に、一時は命の危機に瀕《ひん》してしまう。

奇妙《きみょう》な体験の後、死の淵《ふち》から生還《せいかん》したサナトは、自身のユニークスキルであるダンジョンコアのルーティアと協力し、大逆転で勝利を収めたのだった。

「あの、お伝えするのが遅《おく》れましたけど、私……ずっとレベルアップしています」

奴隷《どれい》の少女リリスの言葉にサナトは頷《うなず》いた。

「そうだろうな」

倒したのはレベル89の悪魔。倒したサナトとリリスは、レベル8とレベル16。

どれほどのレベルアップを果たすだろうか。

「あっ、終わりました」

頭に直接響《ひび》く、天の声が終了したようだ。

サナトが頷《うなず》き、《神格眼》でリリスのステータスを確認した。

リリス　14歳
レベル46　魔人
ジョブ：奴隷
《ステータス》
HP：1464　MP：780
力：750　防御：626　素早さ：804　魔攻：550　魔防：347
《スキル》
斧術：上級
火魔法：上級
《ユニークスキル》
魔力飽和《ほうわ》
悪魔の閃《ひらめ》き
悪魔の狂気

サナトは思わず天を仰《あお》いだ。

自分のステータスと比較するのが嫌になるほどの値だ。

「すごい成長だな。自分のステータスカードを一度確認した方がいい」

「え？」

リリスは恐る恐るステータスカードを取り出し数値を見ると、目を白黒させた。

「ご、ご主人様……」

「俺も変な成長はしたようだが、素直にレベルが上がるのはいいな。リリスが羨《うらや》ましいよ」

未《いま》だかつて、レベル46の冒険者には出会ったことがない。

苦笑《にがわら》いを漏《も》らしたサナトに、リリスが敏感《びんかん》に反応した。真《ま》っ直《す》ぐサナトを見つめた。

「私がこんなに強くなれたのは全てご主人様のおかげです。それに、MPが回復するようになったことだって……」

「MPの件は、元々俺が考えていたことをした結果だ。悪魔の方も、それに引っ張られたようなものだ」

「違います！　ご主人様が悪魔を倒したからです！　一度死んだのに、諦《あきら》めずに戦ったからです！　あんなに必死に――」

リリスが胸《むな》ぐらを掴《つか》むようにして訴《うった》えた。

「わ、分かった。分かったから、ちょっと待て、顔が近い……」

サナトはふいっと視線を逸《そ》らした。

「あっ、す、すみません……」

リリスが慌《あわ》てたように手を離《はな》し、ちょこんと後ろに下がる。

視線はサナトの足下を見ていた。

耳まで真《ま》っ赤《か》だ。白い首もほんのり染《そ》まっている。

「あの、全部ご主人様のおかげだと思っているので。その……ありがとうございます。悪魔との戦いでは足を引っ張っただけでしたけど、これからお力になれるようにがんばります」

「まあ、ほどほどにな……」

サナトが調子狂うな、と頭を掻《か》いた。

ゆっくりとリリスが顔を上げ、はにかんだ表情でぽつりぽつりと話す。

「買っていただいてから、私は泣き顔と情けないところばかり見せてしまっている気がします」

「そうか？　俺はリリスを情けないと思ったことは一度もないぞ……ダンジョンシザーの群《む》れに囲まれても戦うつもりだったのにも驚《おどろ》いたしな」

「あれは……後ろにご主人様がいたからです。一人だったら諦めていたと思います。それに、他にもいつも助けられています」

「こっちの台詞《せりふ》だ。俺は……何かとリリスに助けられているぞ」

特に精神的にな、とサナトは心中で付け加える。

死後の世界で、壮年《そうねん》の男が言ったことは間違っていない。

リリスと一緒にいると、自分の欠けた部分が埋《う》まる感覚がある。言葉ではとても言い表せない優《やさ》しい気持ちになるのだ。

リリスが続ける。

「いいえ、絶対に私の方が助けられています。ご主人様の奴隷なのに、申し訳ないと思っています。だからせめて、何かお礼をさせていただけないでしょうか？」

「……お礼？」

振り向いたサナトの声がひっくり返りそうになった。

「はい。お金は無いのでプレゼントは難《むずか》しいですけど……」

リリスが一歩近付き、上目《うわめ》づかいでサナトを見上げた。

薄紫《うすむらさき》色のポニーテールが小さく揺《ゆ》れた。

「私にできることなら、おっしゃってください。ご主人様へのお礼になるなら……何でもします」

「な、何でも……？」

「はい。あっ、もしかしてすぐにできることがありますか？」

「い、いや……そうだな……何でもか……」

サナトは、リリスから視線を外《はず》して腕組みした。

反射的に自分の目が誤解《ごかい》を招《まね》く場所に向くことを恐れた。せっかくの良い雰囲気《ふんいき》を台無《だいな》しにしたくなかった。

脳内は大混乱だ。凶悪《きょうあく》な悪魔と会話するより大変かもしれない。

男にとっての「何でも」という言葉は、間違いなく少女の言う「何でも」とはイコールにならない。

けれど、と思う。

リリスが働かされていた店は大人の世界だ。知識はあるかもしれない。

口さがない女性達から、様々な経験談や噂話《うわさ》を聞かされることもあっただろう。

直接口に出すことは恥《は》ずかしいが、遠回《とおまわ》しに「いいよ」と伝えている可能性もある。

（いや、深読みしすぎだな。酔《よ》ってるなら冗談で押し通せても、しらふで失敗すれば取り返しがつかない。もしもリリスが勇気を振り絞《しぼ》って言っているなら……応えるのが主人の務《つと》めだが……）

サナトはじっと見つめるリリスを横目で窺《うかが》う。表情から彼女の想《おも》いを汲《く》み取ろうとした。

だが、表情で相手の感情が読み取れれば苦労はない。

「今は思いつかない……考えておく」

だからサナトは、先延《さきの》ばしという安全策を取る。

リリスがほっとしたような残念そうな様子で「そうですか」とつぶやいた。

「もし、私にできることがあるなら、いつでもおっしゃってください。そうしないとご恩を返せなくなりそうですから……」

「まったく気にする必要はないが、何かあったら頼《たの》む」

「……はいっ！」

リリスの声がだだっ広い空間に反響する。

とその時、羨ましそうな声が真横から聞こえた。

「いいなあ、仲良しって。私も混ぜて」

「――はっ⁉」

見たことのない銀髪の少女が、頬《ほお》を膨《ふく》らませた顔でしゃがんでいた。

肩から胸の上部が露出《ろしゅつ》した、白いボールガウンドレス――舞踏会《ぶとうかい》用の腰から下が膨らんだドレス――に身を包んでいる。

膝に肘《ひじ》を置き、両手で頬杖《ほおづえ》をつく長い髪の少女は、ゆっくりとドレスの裾《すそ》を払って立ち上がった。

「悪魔っ⁉」

いつからそこにいたのか。リリスは強張《こわば》った表情で叫んだ。

サナトもとっさに、《光輝の盾》を張りかけた。しかし、すぐに聞きなれた声であるこ

とに気付いて魔法をやめた。

「まさか……ルーティアか？」

「あっ、さすがマスター！　分かる？　ルーティアでーす！」

嬉《うれ》しそうに相好《そうごう》を崩《くず》した少女の身長はリリスより高かった。

すっと通った鼻梁《びりょう》、綺麗《きれい》な二重《ふたえ》に長いまつ毛、暗い金色の瞳《ひとみ》。前髪は真っ直ぐに揃《そろ》っている。

非の打ち所がない姿はどこかの国のお姫様だ。しかし、雰囲気はお転婆《てんば》な村娘に近い。

服装と快活《かいかつ》そうな仕草がちぐはぐな印象を与える。

サナトは金魚のごとく口をぱくぱくと動かした。

第二話　お転婆娘はハイテンション

リリスが目を点にした。

「この人がご主人様のスキルのルーティアさん……」

「初めまして、リリス。マスターに出会えて良かったね。前よりずっと表情が活《い》き活きしてるよ」

屈託《くったく》の無い笑《え》みを浮かべたルーティアは無遠慮《ぶえんりょ》にリリスに近付き、両手を広げて抱《だ》き付いた。

「わあっ、本物のリリスだー」

ルーティアが固まったリリスに優しく頬ずりをする。

されるがままのリリスがぽかんと口を開けた。

スキルと聞いていた人格が人間の姿で目の前に現れ、突然抱き付いてきたのだ。驚くのも無理はない。

サナトがようやく我に返り、リリスから引きはがすように割って入った。

「ル、ルーティア……ほんとにルーティアか?」

「そうだよ。私の声覚えてるよね? 声が違う?」

「いや、違わないが……俺のスキルのはずだろ……」

サナトの台詞が尻すぼみになった。

自分のステータスを素早く確認してみると、ユニークスキルに《ダンジョンコア》が残っている。どうやらスキルが無くなったわけではないようだ。

(落ち着け……これはつまり実体化したのか? いや、待てよ。本当にそうか? もしかして悪魔が化けているんじゃ……)

それならリリスに近付いた瞬間に攻撃してくるはずだ、と思ったがとりあえず思考の端《はし》に追いやり、疑《うたぐ》る視線をルーティアに向けた。

彼女の頭の位置は、サナトのちょうど首のあたりだ。

「私の顔に何かついてる？」

ルーティアの美少女ぶりは、思わず引き込まれそうになるほどで、サナトは息を呑《の》んだ。

「ルーティアだと証明できるか？　悪魔ではないと断言《だんげん》できるか？」

「マスターったらそんなこと考えてるの？　悪魔なわけないじゃん」

ルーティアがくすくす笑う。いたずらっぽい笑顔におどけた仕草。

サナトは直感的に、本当にルーティアだと理解した。

「証明は難しいなあ……《ファイヤーボール》の攻撃力をずっと1にしたら信じてくれる？」

ルーティアがにこりと微笑《ほほえ》みながら、恐ろしいことを口にした。

《ファイヤーボール》の攻撃力を変動させられることは、サナトかルーティアしか知らない。

「本物みたいだな……」

サナトが表情を引きつらせ、ため息を吐《つ》いた。理屈は不明だが、事実は呑み込めた。体を横にずらし、隠《かく》していたリリスと対面させた。

「リリス、信じがたいだろうが……えっと……俺の……なんだ？　その……スキルのルーティアだ……って、ややこしい紹介だな」

「スキルがどうとかの説明いらないでしょ？　私はルーティア。よろしくね、リリス」

ルーティアが握手《あくしゅ》を求めて片手を差し出した。

リリスが恐る恐るその手を握《にぎ》る。勢いに呑まれているが拒絶《きょぜつ》はしなかった。

サナトは内心で胸を撫《な》で下《お》ろす。

ルーティアが、自分より少し小さな手を優しく迎《むか》え入れた。そして、ぶんぶんと勢いよく上下に振った。

「柔《やわ》らかい手だね」

「……そうですか？」

「うん。すごく柔らかい。左手もほら、握手、握手」

にこにこと微笑むルーティアに言われるがまま、リリスが逆の手を差し出した。

一体何がしたいのやら、と呆《あき》れていたサナトだが――

「YES」

「へっ？」

「《複写》完了。リリスのスキルはいただいた」

誰かの声色《こわいろ》を真似《まね》た言葉。

ルーティアが得意げな笑みを浮かべてサナトを見た。

「ねえ、ねえ、マスター、似てたでしょ？　一回やってみたかったの」

「……やめろ」

サナトはルーティアの頭に軽い手刀《しゅとう》を落とした。

＊＊＊

ルーティアが「うーん」と両手を組んで上に伸《の》ばす。空気を味わうように深呼吸し、「外っていいなあ」と目を細めた。

未だに混乱気味のサナトが真面目《まじめ》な顔で尋《たず》ねる。

「一体どうなったのか説明してくれ」

「私にもよく分かんない。悪魔を倒した瞬間に、すごい量の経験値が流れてきてさ……ほらっ、私って《ダンジョンコア》でしょ？　外に仮の姿を作れるようになったんじゃないかな」

「《ダンジョンコア》にそんな能力があるのか？」

「ダンジョンの支配者だからね。迷宮でも、モンスターでも、自分の体でも思うがままって感じなんでしょ」

「ルーティアはその能力で自分の体を作ったのか？」

「うん。《神格眼》で何か見える？」

「いや……出てきたときから何度か見てるが、ずっと鑑定《かんてい》不可だ」

サナトが両の瞳をじっと凝《こ》らした。

「そっか……まあマスターのスキルだからね」

にへへ、と幼い笑みを浮かべたルーティアは、行き場を無くしているリリスに向き合う。

白いドレスの裾がふわりと揺れた。

「ほんと、近くで見ても美人だねー」

「……えっ？」

「うんうん。マスターが好きになるのも分かるよ」

「――好きっ⁉」

びくっと体を硬直《こうちょく》させたリリスが目を見開き、慌てたサナトが再び手刀を落とした。

そして、ルーティアを睨《にら》みつけた。

「リリス、あまり真面目に考えるな……ルーティアもそんなことを言ってる場合か。出てきたのはいいが、これからどうするんだ？」

「私は、もちろんマスターとリリスと一緒に戦うよ」

「……ルーティアは戦う力が無いと聞いた気がするが」

「それは最初でしょ？　今は成長してこんな風に出てきたんだし、私だって戦えるよ」

美しいドレス姿で拳《こぶし》を何度も突き出す動作を繰《く》り返すルーティアを、サナトは呆れた表情で見つめる。

止めはしない。長い付き合いで、ルーティアには何を言っても無駄だと分かるからだ。

しばらくはやりたいようにやらせよう。サナトはそう心に決める。

「あの……ルーティアさんは……ご主人様のスキルなんですよね？」

「ん？　そだよ」

おずおずと尋ねたリリスをルーティアが振り返る。

「もしかして……すごく強いんですか？」

「もちろん！　私ならあの悪魔でも倒せると思う」

「……そ、そうなんですか……そんなに強いんだ……」

リリスがかすれた声で言って、小さく肩を落とした。

ルーティアが微笑《びしょう》を浮かべてリリスに近付き、手を引いた。

追いかけようとしたサナトを、「ついて来ないで」とひと睨みし、離れたところでくるりと振り返った。

「大丈夫。リリスの方が強いから」

ルーティアがリリスの肩にぽんと手をのせた。

「今のリリス、すごく強くなったでしょ？　私でも負けると思う。やっぱりマスターを守るのはリリスの役目――でしょ？」

「……は、はいっ！」

数秒の沈黙《ちんもく》を経て、リリスは嬉しそうに目を輝かせた。サナトの隣《となり》は譲《まも》るという何よりもありがたい言葉だった。

「ほらっ、マスターのところに行こっ！」

「はいっ」

姉が妹の手を引くように、連《つ》れ添《そ》って駆《か》けてくる美少女が二人。

迷宮でなければ絵になる姿だ。

（一体、何を吹きこまれたのやら……）

サナトは気にしてない風を装《よそお》いながらずっと横目で窺っていた。

本当は気になって仕方がないのだが、女の子同士のことに首を突《つ》っ込《こ》むのは良くないと自制していた。

苦笑《くしょう》するサナトの前に、二人が揃ってやってくる。お転婆な姉が「マスター」と呼んだ。

「お腹減《なかへ》ったからご飯にしよう」

「……スキルのくせに食事をとるのか？」

「私だってお腹減るもん」

「そ、そうか……何でもありだな」

「もう夜だよ。ご飯の時間でしょ？　リリスもお腹空《す》いたよね？」

ルーティアが隣にいるリリスに小首をかしげて聞く。

リリスが遠慮《えんりょ》がちにお腹を押さえた。

「少しくらいは……」

いつもなら絶対に自分から言い出さないリリスが、ルーティアに乗せられるように口にした。

サナトは内心で驚いた。

二人きりだったら、リリスは自分からお腹が減ったとは言わないだろう。

「それと、マスター」

「……なんだ？　食材ならたくさんあるから安心しろ。三人でもしばらく持つ」

「そうじゃなくって……やっとマスターと同じ世界に出て来れたんだよ」

ルーティアがいたずらっぽく口端《くちは》をあげた。

「十九歳なんだよねー」

「……そうか」

サナトの記憶がフラッシュバックした。

「理性の限界が来るとどうなるの？」とルーティアに聞かれた時の会話だ。十八歳未満には教えられない、と答えた。

ルーティアは今なら教えてくれるよね、と言っているのだ。

だが、ありのままを話せるはずがない。

サナトはしらを切る。

「とても十九歳には見えない。リリスより少し年上くらいだろ。年齢詐称《さしょう》だな」

「むぅ、分かってて言ってるよね？」

頬を膨らませたルーティアがじとっとした目で睨むが、サナトはわざと明後日《あさって》の方を見ていた。

第三話　葛藤《かっとう》

サナトは穴の空《あ》いたローブとインナーを着替えた。

どちらも予備だ。今まで着ていた服とは違って高い防御力は望めそうにないが、役に立たない服では意味がない。

汗を吸って重くなっていた服から乾《かわ》いた服に変わったことで、不快感が驚くほど減った。

「とりあえず食事にするか」

「待ってました！」

執着心《しゅうちゃくしん》が無いのか、それとも食事の方が優先度が高いのか。

瞬《また》く間に機嫌《きげん》を直したルーティアが勢いよくしゃがみ込み、膝を抱《かか》えて期待を込めて待っている。

「ルーティア、食事の用意の前にちょっと着替えてくれ」

「なんで？」

「なんでって……これから俺とリリスについて来るんだろ？　そんなかさばるドレスは邪《じゃ》魔《ま》だろ。リリスに貸してもらってくれ。リリス、悪いが何か適当に貸してやってくれるか？」

「もちろんです。元々全部ご主人様の物ですから」

リリスが素直に頷き、アイテムボックスを開けて上下セパレートタイプの服を取り出した。

リリスが着ているものに近い服だ。

サイズが自動で変わることの恩恵《おんけい》は大きい。

「私、リリスが選んでた赤いドレスが着てみたいなー」

「えっ？　でも……動きにくいんじゃ……」

控《ひか》えめに反論したリリスがサナトを横目で窺う。

サナトが呆れた口調《くちょう》で言った。

「やめとけ。あれだと今のドレスと変わらないだろ。いいから、それ着とけって」

「はーい」

ルーティアが不満顔で服を受け取る。そこで、気付いたように微笑んだ。

「ねえリリス、下着も貸してくれない？　私も上は着けてないの」

「えっ、そうなんですか？　私よりずっと大きいのに——っ!?」

リリスが失言に気付き、ばっとサナトを振り返った。

しかし、サナトは興味なさそうな素振《そぶ》りで背を向け、

「どうでもいいが、さっさと着替えておけよ。俺は準備をしているからな」

事務的な口調で告《つ》げ、すたすたと歩いて二人から離れた。

そして自分のアイテムボックスから、フライパンとコンロ型魔道具を黙々《もくもく》と取りだした。

「……良かった」

リリスが安堵《あんど》の表情を浮かべた。

「何が良かったの？」

「あっ……そ、その……」

「ん？」

首を傾《かし》げるルーティアに、リリスは口ごもり、強引に話を変える。

「ど、どうぞっ……どれでも好きなものを使ってください」

小さ目の革袋の口を広げてルーティアに中身を見せる。色とりどりの下着が揃っていた。

「これ可愛《かわい》いなー。でも着け方分かんない……教えて」

「いいですよ。でも私も教わったばかりなのであまり上手じゃないかもです。それと、あっ

ちの岩陰《いわかげ》で着替えましょうか」

リリスは控えめに微笑んだ。

＊＊＊

サナトはいつも以上に無表情だ。むっつりした顔は不機嫌にすら見える。

それは感情を鎮《しず》めようと苦悩《くのう》する男の顔だった。

彼の心中は荒《あら》ぶっていた。

(危険な会話だ……身の置き所に困るのは俺だぞ。あれがガールズトークというやつか？

もしかして、男として認識されていないのか？)

逃げるように離れたサナトは、当然二人の会話を耳にしていた。

余すことなくすべてを聞いていた。あれだけ近くにいて聞こえないはずがないのだ。

白いドレスの下には何も着けていないと、あっけらかんと恐ろしい告白をした、自称十九歳。

一瞬とはいえ、胸元に目が向いたのはやむを得ない反応だった、とサナトは自分に言い訳をする。

動揺《どうよう》が隠せたかは怪《あや》しい。

冷静になってみると、自分の行動がわざとらしくて、ひどく滑稽《こっけい》に思えた。

だが一方で、仕方なかった、とも思う。

続けて放たれたリリスの一言が動揺に拍車《はくしゃ》をかけたからだ。

(私よりずっと大きいのに、って言ったんだぞ。嫌でも想像するだろ)

サナトは眉間《みけん》に深くしわを寄せた。

手が勝手にコンロ型魔道具に火をつけた。まるで体と意思が分かれているようだ。

《魔力飽和》のおかげで、サナトのMPはまったく減らない。

魔法を使うたびにMPの残りを心配していたのが嘘《うそ》のようだ。普通の人間には考えられないことである。

しかし、サナトはそんな恩恵にあずかっていても、意識はうわの空だった。

両の瞳は一体どこを見ているのか分からない。

(リリスでもあんなことを考えるんだな……いや、比べる対象が現れてしまったからか？

確かにルーティアよりは小さい)

美しい少女の姿が脳内で鮮明《せんめい》に再生された。

想像の中で金属製の胸当てが外され、肩の膨らんだ白いシャツが露《あら》わになる。

もはや食事の準備をしていることなど、これっぽっちも頭に残っていなかった。

サナトの目の前で、フライパンがもうもうと白い煙《けむり》を上げた。

「ご主人様っ！」

異変に気付いて駆け寄ったリリスが大きな声を出した。

サナトは現実に引き戻された。

空焼《からや》きされたフライパンが大量の煙を吐いている。慌ててコンロ型魔道具に送っていたMPを遮断《しゃだん》した。

リリスがほっと息を吐《つ》いた。

「ご主人様、大丈夫ですか？　やはり疲れていらっしゃるのでしょう。私が代わります……というか、すみません。本当は私がやらないといけないのに……す、少し、違うことを考えていて……」

しどろもどろになって説明するリリスがサナトの代わりにフライパンを握った。

二人の手が自然と重《かさ》なった。

「あ、ああ……悪い。俺もちょっと余計なことを考えていた」

サナトは壊《こわ》れた人形のようにぎくしゃくした動作で身を引いた。

考えていたのはリリスのことだとはっきり言えばいいのだが、内容が内容だけに後ろめたくてごまかしてしまう。

（今思えばあの時も歯の浮くようなセリフだったな。ザイトランと戦う前に何と言ったのだったか……確か「世界にはこんな美しい少女がいるんだ、と自慢したい」……だったか。

死ねよ）

出会って間もない少女にあれほど格好をつける必要はなかった。スキルと奴隷を手に入れて舞い上がっていたのだ。

（ナンパ男みたいだ……）

脳内に次々と悪い想像が浮かんだ。

リリスが微笑んでいたのは呆れて苦笑いしていたのかもしれない。

大げさな人だな、と引いていたのではないだろうか。

わずか数秒の間に考えるだけ考えて——無理矢理平静に戻った。

危《あや》うく負《ふ》のスパイラルに陥《おちい》りそうだった。

（この思い出は封印《ふういん》しよう。誰も見ていなかった。もう自己嫌悪《けんお》は終わりにしよう。やってしまったものは仕方ない。これから挽回《ばんかい》していけば、いずれ——）

ぼんやりと遠くを眺《なが》めながら決意を新《あら》たにした時だ。

可愛らしいラフな格好に変わったルーティアが、サナトを覗《のぞ》き込んでいた。

暗い金色の瞳が、すべてを見た、と言わんばかりに輝いている。

サナトの表情が瞬時に凍《こお》り付いた。

「にやけたり、落ち込んだり、ずっと面白《おもしろ》い顔してるけど、どうかしたの？」

「げっ」

サナトは喉《のど》の奥で返事をした。ルーティアの美しい柳眉《りゅうび》が寄った。

「なにが『げっ』なの!? 心配してるのに！」

「……い、いや……何でもない」

「何でもないことないでしょ！ はっきり私の顔見て『げっ』って言ったじゃん！」

「違う！ その……なんだ……えっと……あまりに美しい顔があって見とれていたんだ」

「嘘ばっかり！」

（そうだ。あの時もルーティアがいたんだった……ってことは、あのかっこつけた台詞は全部こいつも聞いていたってことで……何てこった）

サナトは思わず頭を抱えた。

第四話　迷《まよ》い

「リリスは料理もできるんだな」

「お店ではたまにまかないを作っていたので。でもそんなに大したことは。それに、これも全てご主人様が色々と用意してくださっているからです。材料もそうですけど、こんなに何種類も調味料をお持ちなんて」

リリスが近くに並べた小さなガラス瓶《びん》をしげしげと眺めた。

「怪我《けが》の功名《こうみょう》というやつだな……俺にとっては必要だったからな」

「必要だったんですか？」

サナトは転移直後のことを思い出す。

強さに恵まれずにその日暮《ぐ》らしを続けていた日々。元の世界の食事で舌が肥《こ》えていたために、異世界の食事に到底《とうてい》満足できなかった。

無いなら自分で何とかするしかない。

そんな結論に至《いた》ったのは、当然のことだったのかもしれない。

もちろん暮《く》らしに余裕がなかったために、思い描《えが》くものを集めるだけでも一苦労だった。

「色々あって、食事にこだわってしまってな。細々と一人暮らしをしていたから料理には抵抗も無かったし、集めているうちに増えてしまったんだ」

「ご主人様ほど強いかたが、細々と生活するなんて想像できません。冒険者になっても、憲兵《けんぺい》になっても、すぐに目立ってしまわれたのではないですか？」

「ま、まあ、リリスと会う前は俺にも色々あってな……」

「そだよー。マスターって最初はドブ掃除とかお店の掃除ばっかりしてたもん」

「えっ⁉　ご、ご主人様が……掃除……ですか？　あれだけの魔法を使えるのにですか？」

リリスが勢いよく首を振り、目を真ん丸にする。

「……ルーティア、お前に遠慮という言葉は無いのか？」

サナトがこめかみをひくつかせる。

「そんなことをわざわざリリスに話す必要はないだろ」

「そう？　でも、あれもマスターががんばってきたことでしょ？　掃除でもしっかり経験値が入るんだよ。ちょっぴりだけど」

「一言多い」

「でも、リリスはマスターの昔話を聞きたいよね？」

「は、はいっ。できれば……聞かせてほしいです」

リリスが期待を込めた眼差《まなざ》しを向けた。

「いいよいいよ。じゃあ私が全部教えてあげる」

「……待て。ドブ掃除まで知っているということは……ルーティアはいつから見ていたんだ？」

「マスターが街の中に来てからだよ」

フォークを止めることなく口に肉を放り込んでいたルーティアが、あっけらかんと言った。

サナトは眉《まゆ》をひそめてこめかみに指を当てた。

「つまり、ほぼ最初からってことだな」

「そういうことになるねー」

「分かった……でも、リリスに話すのは、ルーティアが俺と会話できるようになってからだけにしてくれ」

「なんで？」

「なんでって、それは――」

サナトは「格好悪いとこなんて知られたくないから」という台詞を、すんでの所で呑み込んだ。

リリスに幻滅《げんめつ》されたくない。

正直《しょうじき》にそう言ったら、ルーティアは何と答えるだろうか。素直に従《したが》ってくれるかもしれないし、からかわれるかもしれない。

たとえ知られたところでリリスが手のひらを返すことはないと信じていても不安は消えない。

「誰にでも聞かれたくない過去の一つや二つあるだろ」

「ふーん……」

サナトは軽く肩をすくめて当たり障《さわ》りのない言葉を返した。

ルーティアが「よく分かんないなあ」とうつむき、皿に載《の》った野菜にフォークを突き刺した。

＊＊＊

食事を終えて、《ウォーターボール》で食器類を洗《あら》う。

迷宮で水は貴重《きちょう》だ。ＭＰさえあれば無限に使える水源は、他に代えられない価値がある。

もちろん攻撃力は1にしてから桶《おけ》に放った。温度も適温だ。

じゃぶじゃぶと皿をこする音がする。

仕事はリリスとルーティアがしている。

サナトも手伝うと言ったのだが、リリスに「奴隷の仕事です」ときっぱりと拒否《きょひ》されたのだ。

ちなみにルーティアは、「面白そうだから」という理由で一緒にしている。

（あまり役には立ってなさそうだ）

ルーティアは水に手をひたしたままにこにことリリスに話しかけている。

皿は手にしていない。邪魔になっているのではないだろうか。

サナトは二人を尻目《しりめ》に、少し離れた場所で石壁《いしかべ》に背中を預《あず》けて座った。

体の芯《しん》にずしりと重みを感じた。

（一日で色々あったからな……まあ、悪魔騒動《そうどう》に比べれば、他は可愛いものだったが）

出会ったレベル89の悪魔はどの程度の強さだったのか。

ステータスは異次元のものだった。世界ランキングがあるなら上位何番目くらいに入るのか。

見当もつかないが、悪魔を倒せたというのは自信に繋《つな》がる。

それに、新たに手に入れたスキルには大いに興味があった。

だが、危険だ。

失敗すれば、次はこの世界から退場することになるかもしれない。リリスも巻き込まれるだろう。

(やはり、復活の輝石をもう一つ買ってからの方がいいか。幸いカニを倒して魔石を手に入れたから金は問題ない。だが……)

もし次に同じ状況になれば、おそらく悪魔に同じ手法は通用しない。そんなに甘い相手ではない。

サナトは腕組みをして、虚空《こくう》を眺める。

「ねえ、マスター。さっき手に入れたスキル使わないの?」

いつの間にかサナトの目の前にやってきたルーティアが尋ねた。皿洗いは飽《あ》きたらしい。

サナトが横目でリリスを窺う。

ちょうど膝をついて鍋《なべ》を磨《みが》いていた。

「もう《時空魔法》なら使っただろ」

「そっちじゃないって」

ルーティアが即答した。

ルーティアが何を言いたいのか分かった。

悪魔から《複写》したスキルは使用したのに、悪魔を倒して得たスキルを未だに使用しないことを不思議がっているのだ。

「簡単に使えるはずがない。危険だ」

「でも、マスターのスキルの一部になったんだよ。心配してる危険って自分に跳《は》ね返ってくるんじゃないかってこと？」

「いや、自分だけじゃない。リリスと……それとルーティアも巻き添《ぞ》えになるかもしれない」

「私も？」

ルーティアが不思議そうに小首を傾げた。

「ああ。俺が完全に死んだら、ルーティアも……死ぬことになるんだろ？」

「うーん……それはそうだと思うけど。あれ？　マスター、私の心配してくれるんだ」

「当たり前だ。ルーティアがいないと《解析《かいせき》》も《複写》もできなくなる」

「マスターのスキルとして働くために生きろってこと？　ひどいなあ」

「違う。俺とルーティアは一蓮托生《いちれんたくしょう》だと言いたいだけだ」

「……言いたいことは分かるけど、リリスにはそんな乱暴《らんぼう》な言い方しちゃダメだよ」

「……悪い」

苦笑いしたルーティアが近付いてきた足音に気づいて振り返った。

「あっ、リリス、もう終わったの？」

「はい、全部終わりました……あの……二人で何かお話を？」

「マスターがちょっと悩《なや》んでるんだって」

「ご主人様が、ですか？」

「……悩みというか、まあ迷いだな」

「迷い……私で力になれるのならご協力いたします」

はっきりと告げるリリスの瞳が座っているサナトを捉《とら》えた。

視線に応えるようにサナトが口を開いた。

「そんなに難しい話じゃないんだ。単に、俺のスキルを使用するかしないかで迷っているだけだ」

「どんなスキルなのですか？」

「……《悪魔召喚《しょうかん》》だ」

声を落としたサナトの台詞に、リリスが言葉を失った。

サナト　25歳
レベル8　人間
ジョブ：村人
《ステータス》
HP：57　MP：19
力：26　防御：26　素早さ：33　魔攻：15　魔防：15
《スキル》
浄化《じょうか》
火魔法：初級（改）
水魔法：初級（改）
HP微回復（改）
捕縛《ほばく》術：初級（改）
護壁：初級（改）
《ユニークスキル》
神格眼
ダンジョンコア
魔力飽和

第五話　悪魔召喚

「やめた方がいいと思うか？」

「……いえ。驚きましたけど、それがご主人様のスキルであるなら、大丈夫だと思います」

首を振ったリリスの顔は心なしか青白い。

たとえ《悪魔召喚》がサナトのスキルでも、出会った悪魔を思い出せば楽観的《らっかんてき》にはなりえないだろう。

なにせ初めて出会った悪魔が途方もないほどに強力だったのだ。

戦いの中で叫ぶことしかできなかったリリスが恐怖を感じるのは当然だ。

リリスは召喚魔法がどういうものかを知っている。分不相応《ぶんふそうおう》なものを呼び出せば、召喚主に牙を剥《む》くと聞いたことがあった。

サナトは不安を浮かべるリリスに努《つと》めて優しく言った。

「怯《おび》えることはない。全く制御《せいぎょ》できないことはないだろう。悪魔に何かの制約がかかるはずだ」

「……はい」

「それよりも、召喚される悪魔はどんなやつだと思う？」

「それは……あの戦った悪魔ではないのですか？」

「リリスはそう思うのか……」

ゆっくりとサナトが立ち上がった。

「あいつは死んだ。仮にスキルで呼び出しても、俺は記憶が無い別人か、レベルが初期化されるんじゃないかと思ってる。自分より強いものは呼び出せない……それが召喚魔法のルールだと聞いたことがある。悪魔を倒したボーナスというだけで、まったく別の悪魔という可能性もある。もしかすると群れを召喚できるのかもしれない」

「そんな可能性が……」

サナトは深く考え込む。

召喚魔法を使える人間は稀《まれ》だ。ギルドに出入りしていた頃見聞きしたのも数えるほどだった。

しかも自分のレベル以下のモンスターしか使役《しえき》できないという、サナトにとっては何のメリットもない魔法だった。

ゲームでよくあるパターンでは、強力な敵は味方になった瞬間に大幅《おおはば》に弱体化する。強さがそのままだとバランスが崩壊《ほうかい》するからだ。

「そんなの使ってみれば分かるでしょ」

きょとんと首を傾げたルーティアがあっさり言った。

サナトが呆れたように答える。

「ルーティア……使ってから分かっても遅いんだ。俺は悪魔と召喚契約を結《むす》んでいない。なのに、なぜ使えるのか不気味だろ」

「でも使わないと分からないよね」

「……可能性の話をしているんだ。どんな事態でも対処できるようにな」

「ふーん……」

ルーティアは納得していない様子でサナトを見つめる。

サナトが渋《しぶ》い表情を作った。

「《悪魔召喚》に《解析》を使うことができればな……スキルの説明が『悪魔を召喚する』だけでなければ、こんなに迷わないんだが」

ルーティアが両手を頭の後ろに回して賛同する。

「まあね。他のスキルと違って《悪魔召喚》って何にもいじれないし、中も見えないんだよねー」

「あの……その《解析》っていうのはルーティアさんのスキルなのですか?」

リリスが口を挟《はさ》む。

「そだよ」

「ルーティアは少々特殊《とくしゅ》でな……スキルを変化させる力があるんだ。リリスのスキルにも使った力だ」

「……ステータスカードでは見えないスキルなんですよね？」

「ユニークスキルと言ってな。まあ俺もよく分かっていないが、通常のスキルとは別に個人に備《そな》わっている特殊なスキルだ。他にも持っているが、リリスで言えば《魔力飽和》みたいなものだ」

「ご主人様の眼にはそれが視《み》えるのですね」

「そうだ。ステータスからレベルまですべて見えている。おっと、話がそれたが、要は本当なら変化させられるはずのスキルに一切手が出せないということだ」

「ですからそんなに警戒《けいかい》されているのですね？」

サナトは頷く。

リリスが難しい顔で考え込んだ。そして、顔を上げる。

「ご主人様が迷われる理由は分かりますが、ルーティアさんの言う通り、試《ため》してみる以外に無いのではないでしょうか？」

「だよね！　だよね！」

「だがな……下手《へた》をすれば二人にも危険が降りかかる」

「大丈夫です」

リリスが力を込めて即答した。バルディッシュを握り、にこりと微笑んだ。

「今度は大丈夫です。ご主人様は私が守ります」

「リリス……」

「あっ、私も、私もっ！　マスター守るよ！」

「ルーティアまで」

サナトは二人の真っ直ぐな視線を受けて頬を掻いた。

二人がいれば、本当になんとかなるような気がした。

「今の私なら、あの悪魔が相手でも簡単には負けません。もしも大変なことになったらご主人様は逃げてください」

サナトは「バカな」とつぶやき、大きくかぶりを振る。

「リリスを一人置いて逃げられるわけがない。もちろん……ルーティアもな」

「……マスター、なんか優しい」

「茶化すな。それに一度あの悪魔を倒したんだ。どんなやつが出て来ようが、何らかの対処はできるだろう」

「……微力《びりょく》ながら私も協力します」

力強く頷いたサナトは、並んでいる二人の少女を頼《たの》もしく思った。

しかし――

何か違和感《いわかん》を覚えて首をひねった。

答えはすぐに分かった。

（いつの間にか、今すぐ《悪魔召喚》を使う流れに変わってしまった。危《あぶ》ないスキルだから慎重《しんちょう》にいかないと、という話をしたかったのだが……なぜこんなことに？）

サナトは自分の台詞を思い出す。

（偉《えら》そうにかっこつけたからだな……猛省《もうせい》しないと）

二人の熱い視線がサナトの顔に注がれる。

もはや、引き下がることはできそうになかった。

＊＊＊

リリスとルーティアがすぐ隣で見守る中、サナトは空間の中央に歩みを進めた。

複数指定を使用し、自分を含めた全員に《光輝の盾》を張った。

何が起こるか分からない以上、対策は必要だ。地形を変えたりする悪魔が出てくることも考えられる。

光り輝く壁が、三人の体を包んだ。

「覚悟はいいな?」

リリスが緊張《きんちょう》した顔で頷いた。

サナトが体勢を戻し、虚空をにらむ。

「《悪魔召喚》」

声が壁に反響し、木霊《こだま》した。

すると、十メートルほど離れた地面に、直径三十センチほどの紫色の輪《わ》が浮かび上がった。

小さいな、と思ったが、すぐに思い違いに気付いた。

輪は一つではない。

まばたきをするたびに一つ、また一つと重ねて大きな輪が増えた。読めない奇怪《きかい》な文字が描かれていて、まさに召喚陣と呼ぶにふさわしいものだ。

不規則に明滅《めいめつ》しながら瞬く間に完成した重層《じゅうそう》の輪の中心が、毒々しい紫色の空気をあとからあとから排出《はいしゅつ》する。

暗くて明るい。得体の知れない靄《もや》の中に紫電《しでん》が数本走り抜けた。

悪魔がその姿を現した。

第六話　ようこそ悪魔よ

「……えっ？　これが悪魔ですか？」

リリスが気の抜けた声を漏らした。強張っていた体が弛緩《しかん》した。

視線の先ではどう見ても普通の猫が、己の前足を舌でなめて毛づくろいをしていた。

黒い体毛、艶《つや》やかな毛並。角度のある三角の耳。目は輝くような金色だ。

なぜか黒縁の眼鏡《めがね》をかけている。サイズを合わせているのか、ずいぶん小さい。

黒猫が毛づくろいをやめて、三人を一人一人じっくりと眺めた。

愛嬌《あいきょう》のある仕草は本物の猫と変わらない。

「初めまして、我《わ》が主よ。召喚の呼び声によって参上いたしました」

黒猫がサナトをじっと見つめた。

放たれたしゃがれた声に、リリスが体を硬直させる。

「我が名はエイミラ、召喚主様に忠誠《ちゅうせい》を誓《ちか》います」

「……エイミラね。その忠誠とやらは信用できるのか？」

黒猫が口端をにいっと歪《ゆが》め、金色の瞳を嬉しそうに三日月形《みかづきがた》に変えた。猫にあるまじき豊かな表情が異常さを示している。

「無論でございます。我々悪魔は召喚主様には絶対の服従《ふくじゅう》を約束いたします」

「悪魔は使役するのに対価が必要だと聞いたことがあるが?」

「そこまでご存じですか……確かに、完全に無償《むしょう》というわけではございません」

「俺の何が欲しいのだ? 命か? 寿命《じゅみょう》か? 腕か?」

サナトの眼が細められる。黒猫は、それは違うと首を振った。

「魂《たましい》でございます」

「魂?」

よくあるパターンだな、と内心で苦笑し、サナトは疑問を投げかける。

言葉よりも実際にどうなるのかが重要なのだ。

「その魂とやらは、どうやって俺から奪《うば》う?」

「奪うのではありません。死後、私が魔界へ連れていくだけです」

「魔界があるのか……もしも復活の輝石で蘇生《そせい》した場合はどうなる?」

「それは死と認識いたしません」

「……俺が生きている間の対価は?」

サナトがうさんくさいものを見るように瞳を細める。

「必要ございません。ただ、その間は無償になりますので、多少仕事をえり好みさせていただきます。必ず命令に従うとお約束できないということです」

「忠誠を誓うのではないのか？」

「召喚主様の命に危険が及《およ》ぶような場合は命令が無くとも盾となりましょう。しかし、意のままに従うというわけではないということです」

「……要は、俺を守るが後は好き勝手するということだな」

「端的《たんてき》に言えばその通りです」

「悪魔を召喚すると誰でも同じような条件になるのか？」

「いえ、召喚される悪魔によっては、即時の寿命支払いを対価に、完全に命令を聞く場合もありますが、私はあまり束縛《そくばく》を好まないもので」

悪《わる》びれる様子もなくさらりと言い切った黒猫が、無表情でサナトを見つめる。

金色の瞳が眼鏡を通して、不気味な光を放っている。

「お前が守る対象として、ここにいるリリスとルーティアを加えることはできるのか？」

「それはできません。私が守るのはスキルを有する召喚主様のみです」

「……そうか。ならば俺の連れには脅迫《きょうはく》、教唆《きょうさ》、精神操作《そうさ》といったものも含め一切の危害を加えない、という条件は？」

「その程度であれば構いません。お約束いたしましょう」

「ちなみに、俺への危害は？」

「《悪魔召喚》の基本的な条件として、直接、間接を含めた一切の危害は不可能です。もちろん通謀《つうぼう》も含みます」

「他人と悪企《わるだく》みをして殺すこともできないということか。意外と、そのあたりはしっかりしているんだな」

「《悪魔召喚》とは召喚主様に絶対の権限《けんげん》がありますので、我々悪魔は多少の我儘《わがまま》を言える立場と認識していただければ問題ありません」

サナトは小さく唸《うな》りながら腕組みをし、《光輝の盾》を解除《かいじょ》した。

黒猫が「ありがとうございます」と嬉しそうに表情を緩《ゆる》めた。

「召喚主様のお名前を頂戴《ちょうだい》できますか？」

「サナトだ」

「サナト様……承《うけたまわ》りました」

「で？　お前の名前は？」

黒猫がきょとんとした表情を見せる。

「さきほど申し上げましたが、エイミラでございます」

両隣《りょうどなり》にいたリリスとルーティアが不思議そうにサナトを見つめた。

サナトは苦虫《にがむし》を噛《か》みつぶしたような顔だ。

「何を考えているのか知らないが、エイミラは猫の時の名前か？　ではバールという名前はいつ名乗るのだ？」

黒猫が面食《めんく》らったようにまばたきをした。

表情に暗いさざ波が走った。

しかし、この展開を予測していたのか、すぐに壊れたような深く酷薄《こくはく》な笑みを浮かべた。

体の表面がドロドロと溶《と》けるように形を失っていく。

たちまち紫色の靄が体を包みこみ、人間の姿を象《かたど》った。

「ばれていましたか」

薄笑いを浮かべた悪魔が進み出た。スモークの中から現れるような絵になる光景だ。

猫の特徴《とくちょう》は何一つ残っていない。

リリスが拘束《こうそく》され、サナトが一度殺された、黒いスーツ姿のくすんだ赤髪の悪魔だ。

男性とも女性とも言えない中性的な顔立ちに細い体。

途方もない存在感が場の空気を一変させた。

「……やはり、私の情報が視《み》えているのですね。確か特殊な眼をお持ちでしたね？」

「そうだ」

《神格眼》のことだと理解したサナトは手短に返事をする。

体を突き刺すような圧迫感《あっぱくかん》を受け、背筋《せすじ》がぞくぞくと震《ふる》えた。

間違いなく同じ悪魔だ。

サナトの顔が強張ったことに気付いて、バールが謝罪《しゃざい》した。

「これは召喚主様に失礼を」

圧迫感が嘘《うそ》のように消えた。

バールが放出していた何かを抑《おさ》えたのだろう。

(俺に制御ができないならこの時点で殺されている。言っていた忠誠とやらは本当だな)

サナトが内心で胸を撫で下ろして問いかける。

「なぜ、猫の姿を？」

「いえ、大したことではないのですが、人間は小動物に愛玩《あいがん》性を求める、と聞いたことがありましたので。多少、私に対する認識が甘くなるかと淡《あわ》い期待をいたしました。申し上げた通り過度な束縛を好まないもので」

「……眼鏡は？」

バールが眼鏡のツルを持って片手で外すと、突如、真横に暗い穴が空《あ》いた。

眼鏡を持ってない方の手を突っ込み、すぐに抜いた。似たような形の眼鏡が数種類、指の間に挟まっていた。やれやれと肩をすくめながら言った。

「これらには《鑑定》を妨害《ぼうがい》する効果があるのです。《悪魔召喚》で呼び出される前に、わざわざ人間の街で効果が高そうなものをいくつか選んできたのですが……こんなものではサナト様の力を妨害できませんでしたね」

「《鑑定》妨害など必要か？」

「人間は一度殺された敵に良い感情を抱《いだ》きますか？」

バールが片頬を歪《ゆが》めて笑う。

サナトは数秒沈黙した。

そして、あっと気付いて呆れ果てた。

バールはサナトをあっさり殺したのに、自分が召喚されて言うことを聞かなければならなくなったら小細工《こざいく》をしようとした、と言っている。

恨《うら》まれてこき使われるのは嫌だ、という主張である。

「……身勝手にもほどがあるな」

「悪魔とはそういうものです。人間も本質は変わらないと思いますが？　サナト様は聖人なのでしょうか？」

さらりと言い返したバールが眼鏡を穴に放り込んだ。

サナトの顔が引きつる。開き直りも甚《はなは》だしかった。

「妙な小細工を重ねるということは、召喚主の権限が絶対だというのは本当ということだな」

「もちろんです。嘘などついておりません。そもそも《悪魔召喚》は悪魔を殺した者にしか使えないスキルです。殺した悪魔が誰であれ、人間にとっては最上級の強さの証明であり、悪魔にとっては遥《はる》か格下に負けたという不名誉な結果を表すものです」

「その割には楽しそうに見えるな……」

バールが大仰《おおぎょう》に両手を広げた。

「当然でしょう。悪魔が……この私が敗《やぶ》れたのです。長い生の中で初めての経験を楽しまずに何とするのです。レベル８の方が私を殺すなど、夢物語のようだ。悪魔秘話の書にも載っていないことです」

金色の瞳がらんらんと輝き、表情に暑苦しい気配が漂《ただよ》う。

凄《すご》みのある眼差しには狂気も見え隠れしている。

ルーティアが「うわぁ」とたじろぐ声を上げた。

「ただ……召喚されると自由が利《き》かなくなるうえに、荒っぽい召喚主に当たると家畜《かちく》同様の扱《あつか》いを受ける、と太古に耳にしたことがあります。なのでまずは恨みをぶつけられないように、一度戦った悪魔だと正体《しょうたい》をばらさずに、そして猫の姿になり緩い条件で使役してもらえるより二段構えで、ここに参上した次第です」

サナトはとうとう大口を開けた。呆れて物が言えない。

桁違《けたちが》いの強さを持つ悪魔が、なんとずる賢《がしこ》いことを考えるのだろう。

「ですが、早々に正体を看破《かんぱ》されてしまいました」

バールが軽く肩をすくめた。

「そんな事まで召喚主に話して良かったのか?」

「ふふふ……もちろん。目を見ればどういう方かは直感的に分かります。サナト様には、あまり隠し事が無い方が受けが良いだろうな、という判断です。ばれた以上は作戦変更ということで」

「よくもぬけぬけとそんなことを……」

「確かに少々しゃべりすぎたかもしれません。ただ、私はサナト様を、サナト様は私を一度殺した。その結果、私はサナト様に協力することになった。それだけは厳然《げんぜん》たる事実です。悪魔は強者には敬意《けいい》を払います。それが悪魔にとってのルール。遠慮なくご命令を」

朗々《ろうろう》と語ったバールが折り目正しく頭を下げた。

まるで熟練《じゅくれん》の執事《しつじ》のように動作に隙《すき》がない。

(気に入らない命令には従わないと宣言したくせに、遠慮なく命令しろだと? 言ってることが勝手すぎる。だが、この感じ……誰かに似ているような気もする)

サナトの顔が渋い表情に変わった。

それを悪魔は鋭敏《えいびん》に察知し、さっさと話をまとめてしまおうとばかりに口を開いた。

「ご理解いただけたようなので条件の再確認をさせていただきます。できれば先ほど誓った条件が良いのですが、今ならば命令する度に寿命を一部頂《いただ》くという条件で、私をサナト様の完全な指揮下《しきか》に置くことも可能です。いかがなさいますか?」

「……元々の条件だとお前は俺に長期間使役されるんじゃないのか？　明らかに命令の度に寿命を削《けず》った方が早いと思うが、そこはどうだ？」

「我々にとっては人間の寿命など物の数に入りません。少しずつ頂いても、死ぬまで待っても大した違いがないのです」

なるほど、とサナトが頷く。

「ご主人様っ！」

リリスが隣で大きな声を上げた。バールを見ないようにして、サナトを見ている。

「ご主人様の寿命の件は……できれば、毎回取られないようにしてください。私は……ご主人様が早々に亡《な》くなられるのは嫌です」

バルディッシュをぎゅっと握り、サナトに詰《つ》め寄る。

そして、勢いよくルーティアを振り返り同意を求めた。

「ルーティアさんもそう思いますよね？」

「えっ？　私は……」

ルーティアは誰にも聞き取れないほどの小声で、ぼそぼそとつぶやいた。

リリスがみるみる表情を曇《くも》らせ、悲痛《ひつう》な声を上げた。ポニーテールが勢いよく跳ね、バルディッシュが手から滑《すべ》り落ちた。

「そんなっ、ご主人様が心配じゃないんですかっ⁉　寿命を取られたらすぐに死んじゃうかもしれないんですよ！」

「え？　えっと……うん……マスターには長生きしてもらいたいかな」

「ですよねっ！　やっぱりそうですよねっ！」

リリスが我が意を得たりとばかりに再びサナトに迫《せま》った。口調が熱を帯《お》びた。

「命令を出す度に寿命が短くなるなんて間違っていると思いますっ！」

「そう……だよな」

リリスが小さな手を胸の前でぎゅっと握って見上げた。

選択を間違えないようにと、必死になって訴えている。

サナトは思わず抱きしめそうになった。

そして――

「サナト様もご納得のようですし……では、もうその条件といたしましょうか」

やり取りを無言で眺めていた悪魔が、呆れ声で言った。

バール　７９８歳

レベル89　悪魔

ジョブ：召喚悪魔

《ステータス》

HP：2834　MP：2575
力：1279　防御：1401　素早さ：2462　魔攻：2138　魔防2073
《スキル》
火魔法：達人級　　魔攻＋500
地魔法：神級　　無詠唱《むえいしょう》
闇魔法：神級　　精神操作
HP大回復　　天使殺し
MP大回復　　捕縛術：上級
《ユニークスキル》
悪魔の狂気
悪魔の素体《そたい》
悪魔の瞳
魔の深淵《しんえん》
時空魔法

第七話　悪魔の恐ろしさ

紫色の複雑怪奇《ふくざつかいき》な文字で描かれた召喚陣があっさりと消えた。

「異常すぎるだろ。いくら普通の召喚と違うとはいえ……」

サナトは確かに召喚を解除しようとした。

繋《つな》がりを切るつもりで「悪魔召喚解除」と口にした。しかし、黒いスーツの悪魔は一瞬体に力を込めただけでそれに抗《あらが》っている。

「私ほどになると召喚の解除すら困難なのです。とまあ、冗談はさておき、《魔の深淵《しんえん》》の効果です」

「すごいのは認めるが、はっきり言って迷惑《めいわく》だ。本気で帰らないのか？」

「はい。私もしばらくはサナト様と旅をご一緒しようと決めました」

バールがちらりと白い歯を見せた。

（送還《そうかん》を自力で拒否するだと？　どんな悪魔だ。呼び出さない方が良かったかもしれない。召喚魔法の常識はどこにいったんだ……）

サナトは重いため息を吐いた。

「お前が俺に四六時中引っ付いても、何ら楽しくないと思うぞ」

「そんなことはございません。私はこう見えて面白い物を見るのが大好きなのです。珍《めずら》しい強さを持つサナト様に召喚されるという、またとない機会を得たのですから、すべてをご一緒しようかと」

「帰れ、と言ったら？」

「お断《ことわ》りいたします」

「またどこかで呼ぶから帰ったらどうだ？」

「お断りいたします」

にこりと微笑む悪魔の瞳に邪気《じゃき》は無い。だが、妥協《だきょう》するつもりも無い顔だ。

サナトは苦笑いしながら冗談交じりに言う。

「美人なら苦じゃないが、悪魔に付きまとわれるのはな……」

サナトはそう言ってから、「しまった」と後悔《こうかい》する。

まるで美人ならついて来てもいいというような言い方になってしまった。嫌味《いやみ》を言ってやろうとしたのが裏目《うらめ》に出た。

ぎくしゃくした動きでリリスとルーティアを窺う。

「マスターって女性に弱いタイプ？」

「……」

呆れたようにつぶやくルーティアと、無言でじっと見つめるリリス。

どちらが怖《こわ》いかは言うまでもない。

何とか弁解しようと口を開けかけ——

「あら？　サナト様はこちらの方がお好みですか？」

視線を戻すと、目の前にはサナトよりわずかに身長の低い女がしなを作って立っていた。

（変身したっ⁉）

フリル付きのドレスを着た夜会巻きの女が近付き、はちきれんばかりの胸を軽く揺らしながら手を伸ばして頬に触《ふ》れる。

「そうならそうとおっしゃってくだされよろしいのに」

美しい顔を近付け、聞くだけでとろけそうになる声で、「出会いの記念に、今夜どうですか？」とつぶやいた。

「ま、待て待てっ、バール！　そういう冗談はやめろっ！」

完全にどもりながら後ずさったサナトの前に、ずざっと滑り込む音を立てて、リリスが割って入った。

鬼の形相《ぎょうそう》だ。高レベル冒険者を遥かに上回《うわまわ》る速度である。

銀色のバルディッシュの先を、バールの細首に当てて威嚇《いかく》した。

もはや相手が誰なのかは忘れているらしい。目が怖いほどに据《す》わっている。

「ご主人様から離れなさいっ！」

「ふーん……」

バールが優雅《ゆうが》な動きで武器の先を指先で摘《つま》んだ。

こちらは余裕の表情だ。

「こんな貧相《ひんそう》な武器ではダメ」

くすくすと笑いながら、穂先《ほさき》を人差し指と親指でぐっと握りしめる。

リリスのバルディッシュが動きを止めた。

対する悪魔も規格外《きかくがい》の強さなのだ。

「だが以前よりは遥かに強くなっているようだ。さすがに魔人。私を殺したことで大幅にレベルアップしたようですね」

少しばかり驚いた顔のバールが口調を戻し、一瞬で元の姿に戻った。

サナトがため息を吐いて、ようやく声を上げた。

「何でもありだなバール、危害を加えるなよ」

「もちろんです。この人形にも、そちらの変てこな女にも一切手は出しません」

「リリスも、武器を下ろせ」

「……はい」

「まったく……悪ふざけにも程があるぞ。それと、名前はリリスとルーティアだ。以後、きちんと名前で呼べ」

　バールが承知《しょうち》しましたとばかりに頭を下げる。

「リリス、守ってもらって悪かったな」

「い、いえっ……当然のことをしただけです」

　嬉しそうに笑顔を見せたリリスだが、横から余計なひと言が飛んでくる。

「マスターがあんな女にでれでれしたのが原因じゃん」

「はっ？」

「ご主人様が……でれでれ……でれっ⁉」

　リリスが奇妙な声を発して凍りついた。

　サナトが慌てて反論する。

「違う！　俺は別にでれでれなんてしてないぞ！　ちょっとバールの変身に驚いただけだ……見事な変身だった」

「お褒《ほ》めにあずかり光栄です」

　腰を折るバールを尻目に、ルーティアが腰に両手を当ててじとっとした目を向けた。

「そうかなあ、少しは鼻の下伸びてたと思うけどなー」

「……ご主人様の鼻が伸びる」

　リリスが絶望《ぜつぼう》的な顔でつぶやいた。

「リリス、それは違うって。伸びるのは鼻の下だよ」

「そ、それくらい知ってます」

「いやいや、ちょっと二人とも落ち着けっ！　なぜ俺が鼻の下を伸ばした前提になっている⁉　ほんとに伸ばしてなんかいないぞ！　何とも思っていない」

「まあまあ、サナト様もそのくらいに。どうでも良いことではありませんか」

「原因を作ったお前が無関係なふりをするなっ！　バールのせいだろうが！」

「おや？　私が？　少し変身能力をお見せしただけですよ？」

目をぱちくりさせたバールは心底不思議そうに首を傾げた。

サナトが無理矢理大きく息を吐《つ》いた。

「バール、からかうのは禁止だ」

「からかうつもりなど毛頭《もうとう》ないのですが……」

「俺は悪意を感じた。それと、リリスとルーティア……何度も言うが、俺はあの程度のことで動揺することはない。俺には……その……お前たちがいる」

「は、はいっ！」

「まあいいけど……」

サナトの弁解の言葉を聞いて、素直に喜ぶリリスと腰に手を当てて目を細めたルーティア。

二人は鼻の下を伸ばしたという事実を、動揺という言葉にすり替えられたことに気付いていない。

バールが瞳に挑戦的な光を宿して言った。

「何もお感じになられなかったと……まるで私の変身した姿が見かけだけで魅力《みりょく》がなかったと言われているようで気に入りませんね。もしやこちらの方がよろしかったですか？」

「……はっ？」

またも変身だ。だが、今度は小さく縮《ちぢ》んでいた。

見かけは非常に幼い。ノースリーブの白いシャツを身につけ、ツインテールの茶色の髪をぴょこぴょこと揺らしながら、柔らかい素材のスカートの裾をつまんで様子を窺ってい
る。

「……最低です」

「ただの子供じゃん」

極寒《ごっかん》のごとき二人の声がバールに向けて放たれる。威力《いりょく》は弩級《どきゅう》のものだ。

サナトは背筋につららを当てられたように全身を震わせた。

慌てて口を開いた。ここで黙《だま》るのはまずい、と脳内で警報《けいほう》が鳴っていた。

「バール……何がしたい？」

少女悪魔が再び元に戻り、しれっと答える。

「もちろん調査でございます」

「調査?」

「はい。サナト様に気に入られようと思いまして。好みは美女なのか、幼女なのか……それとも醜女《しこめ》や男なのか。趣味《しゅみ》、嗜好《しこう》、思想、性癖《せいへき》などについて調《しら》べ上げたいのです」

「やめろっ!」

「なぜですか?　お仕《つか》えする以上はサナト様の好む姿に変身いたしますが……悪魔に性別などありませんので、もしお好みの容姿《ようし》を教えてくだされば――」

「と、とにかく禁止だっ!　どれにも俺は興味はない!　時間の無駄だ!」

サナトは顔を引きつらせ、まくしたてるように悪魔に命じた。

いらだちとも不愉快《ふゆかい》とも取れる様子からは、決して浮《うわ》ついた気持ちは見えない。

二人の少女が満足そうに首を縦《たて》に振った。

そして、ルーティアが罪悪感を顔に浮かべて言った。

「マスター、でれでれしてたなんて疑《うたが》ってごめん。ほんとに興味なかったんだね」

「あんな変身にご主人様が動揺することなど有りえません。バールさんはご主人様を守るだけで十分です。余計なことをする必要はありません」

「そ、そうだ。俺を守護《しゅご》してくれればそれでいい」

バールがはっきりと肩を落とす。

「見た目を変えることは、てっとり早く信頼を得られる方法なのですが、仕方ありませんね……力をお見せして、有益だとご理解いただくことにしましょう」

規格外の悪魔はさらりと恐ろしい方針転換を告げた。

第八話　悪魔の高貴《こうき》なる趣味

ようやく一息つき、サナトが「今日はここに野宿する」と告げた時だ。

かしこまりました、と答えたバールが顔を崩して言った。

「では私は入浴の時間ですね」

「バールは風呂に入るのか？」

「えっ……お風呂って高貴な方がお湯につかるっていうあのお風呂ですか？」

「どんな悪魔よ……」

目を見開いたサナトとリリスと共に、ルーティアがぽかんと口を開けた。

だが言いだしたバールはしれっとして当然です、と胸を張った。

「魔界では綺麗好きな悪魔として名が通っております。一日に一回は入浴が欠かせないのです。サナト様の攻撃でまだ焦《こ》げ臭さが残っておりますし」

「悪魔のお前が……綺麗好き？」

「サナト様、それは偏見《へんけん》です。死臭《ししゅう》が漂う世界で殺戮《さつりく》に明け暮れるのが悪魔だと思われているのでしょうが、私をそんな輩《やから》と同列には考えないでいただきたい」

「とは言ってもな……」

サナトは開いた口がふさがらなかった。入浴を好む悪魔は想像とかけ離れている。

「私はちょくちょく人間の世界に干渉《かんしょう》していましたが、そこでまず気になったのが……臭《にお》い」

「に、臭い？」

バールが持論を展開する。目が不気味に歪んでいる。

「見た目が美しい者、醜《みにく》い者、弱い者、強い者、人間に共通して言えるのが臭いに鈍感《どんかん》すぎると言うことです。私は鼻が利きますのでそれが許せないのです」

「……単にお前のこだわりじゃないのか？」

「そんなことはございません。ではサナト様はくさい人間がお好きなのですか？　リリス殿《どの》が仮にくさかったとして近付きたいと思いますか？」

サナトがぐっと言葉に詰まった。

突然話題にされたリリスが硬直し、瞬時に顔を真っ赤にして大声で反論する。

「私はくさくなんてありませんっ！」

しかし、バールは羞恥《しゅうち》と怒りに頬を染めたリリスを完全に無視して得意げに笑う。

まるで目の前で見たことを思い出すように遠い目をした。

「人間の世界では身分が高い者の方が気を使っております。高貴を自称する者は身だしなみを重視《じゅうし》しておりますし、入浴の習慣があるのです」

「それで入浴にはまったってこと？」

「ルーティア殿、その通りです。試してみましたが、入浴は素晴らしい。疲れと汚《よご》れが一度に取れるという点も素晴らしい。人間にしかない習慣……全員が生活に取り入れるべきものです」

バールはにこりと微笑む。

リリスがここぞとばかりに主張する。ほぼ涙目である。

「私は……に、においませんけど……全員があんなにお湯を使えるわけがありません」

「違います。私はそうなるよう努力すべきだと言っているのです。水の消費というデメリット以外はメリットしか無いのに、なぜ民衆が導入しようと国に訴えないのか不思議だと言いたいのです」

「そんなのすごくお金がかかりますし……火も必要です」

さらに反論したリリスをバールが鼻で笑う。

「なんなら水風呂でも構わないのですよ。金をかけるか、かけないかはリリス殿の自由です。しかし努力すらしないあなたをサナト様が認めるでしょうか?」

リリスの瞳がはっと見開き、大きく揺れた。

バールが動揺に気付き、決めつけるように言った。

「必死になって敵との戦いを終え、リリス殿がサナト様に駆け寄った時に、もし鼻を押さえて顔をしかめられたりなどしたら――」

「そ、そんなことないっ! ご主人様はそんなこと……」

「バール、いい加減にしろ。それ以上は精神的な攻撃とみなすぞ」

苛立《いらだ》つサナトの声に、バールが「失礼しました」と頭を下げた。

「そんな風に思ったことは一度も無い。安心しろ」

サナトがリリスを抱き寄せ頭を撫《な》でた。

少女が体を震わせ、それを受け入れる。

「……ご主人様……ありがとうございます」

心の底から嬉しそうに頬を染めたリリスが、か細い声で鳴くように言った。

「で、バールのご高説《こうせつ》は分かったが、結局風呂に入るということでいいんだな?」

「はい。もちろんサナト様の手をわずらわせることは一切ありませんのでご安心を」

サナトが首を捻《ひね》る。

どう見てもバールは《水魔法》を持っていない。漠然とした不安が湧《わ》きあがった。

「ところで……その点で言えばサナト様は非常に臭いが薄いのです。もしや入浴の習慣があるのでしょうか？」

「いや……無いぞ」

元の世界ではあったがな、と心の中で続けてつぶやく。

「俺には《清浄《せいじょう》の霧《きり》》があるからな。これで清めれば終わりだ。今ならMPの心配もない」

サナトが迷宮に一人で潜《もぐ》った時には、そこまで気にしていなかった。

同行者が一人もいないうえに、ルーティアはスキルの状態で外に出ていなかった。

寝る前に少し気持ち悪いと感じた時だけ魔法を使用していた。

だが、《清浄の霧》はMPの消費が著《いちじる》しい。使うのは安全が確保された場所か、すぐにMP回復薬を飲める場合のみだ。

「《清浄の霧》という魔法があるのですか。それが入浴と同じ効果だと」

「体を温めることは無理だが、汚れを落とすという点では同じだ」

「素晴らしい……さすがは私を倒した方です」

バールが感無量《かんむりょう》という目で見るのを、サナトは気まずい気持ちで受け止める。

（身を清めたという理由で悪魔に尊敬《そんけい》されるなんて俺くらいだろうな……）

ルーティアが横から口を出した。

「マスター、私もお風呂に入ってみたい」

「ルーティア……また思いつきでそんなことを」

「だって、汚れも疲れも落ちるんでしょ？　試してみたいじゃん。私も経験ないし」

準備が大変なんだぞ、と苦渋《くじゅう》の表情を作って見せたサナトだが、脳内では素早く計算を始めている。俺なら風呂を作れるか、と。

《水魔法》と《光輝の盾》。

もちろん普通の使い方ではないが、これらをうまく使えば可能だという結論はすぐに出た。

目的達成のために力を振るうことは厭《いと》わない。

それが仲間の提案ならばなおのことだ——そう自分を納得させた。

「バールとルーティアはこう言っているが、リリスはどうだ？　興味あるか？」

「……はいっ！　私もご主人様が良ければ試してみたいです」

「分かった。何事も経験だしな。一度試してみることにするか」

やった、と歓声をあげたルーティア。

思いつめたような表情で小さく拳を握りしめたリリス。

サナトは二人にあえて言っていないことがある。

——《清浄の霧》を使えば風呂なんて必要ない。それに風呂に入る以上は裸だぞ、と。

やれやれと苦笑いした男の口から、その言葉が発せられることは無かった。

第九話　解析の誤《あやま》った使い方

「マスター、でもお風呂ってお湯を溜《た》めるんだよね？　どうやってするの？」

「こうやるんだ」

サナトはその場に《光輝の盾》を張った。対象は人物指定ではなくフリー指定。

光輝く盾を床に大きく一面、人がまたげる高さに調整した壁を周囲に四面。

そして、うまいこと盾を接着した。

「これくらいか」

「うわっ、すごい広いっ！　ここにお湯を溜めるの？」

「……ご主人様すごいです」

ルーティアが歓声を上げ、リリスが初めて見た即席風呂に感心してサナトを持ち上げる。

サナトは「この程度何ともない」と言いながら内心で胸を張った。

次は《水魔法》だ。攻撃力はすでに皿洗い時に1に落としている。

「ルーティア、悪いが水温を変更してくれ」

（風呂の水温は何度が適温だったか……40度？　41度？　忘れたな）

「それくらいならマスターもできるよ」

「……？」

「言ってなかったっけ？　私が外に出て来られるようになった時に、マスターでも変更できるようにしておいたよ」

「……聞いた記憶はないが、そうなのか？」

「うん。水温って《その他》の部分でしょ？　マスターの好きなように変更できるよ」

腰に手を当てて当たり前のように言うルーティアをサナトが驚いて見つめる。

慌てて自分のステータス画面を確認した。

スキルを開き、魔法を選択して――

「本当だ……俺でも変更できる。というかこの文字の並びは……」

（QWERTY《クワーティ》配列だと？　しかもローマ字入力とは……どうなっているんだ？）

QWERTY配列とは、現代のキーボードの配列だ。

《その他》欄《らん》を選択すると、空中に半透明《はんとうめい》のキーボードが出てきた。

呆れる気持ちの一方で、サナトはとんでもないことができるようになったとわくわくしていた。

嬉々《きき》として《その他》欄に入力した。

「温度は40度と」

ウォーターボール
《源泉《げんせん》》　？？？
《属性・形状・攻撃力》　水・球体・1
《必要ＭＰ》　1
《範囲》　単体
《呪文》
《生成速度》　8
《その他》　温度40度

「素晴らしい。攻撃魔法がお手軽給湯器《きゅうとう》になるとは」

「きゅうとう？　それってなに？」

「気にするな。ただの呼び名の問題だ」

聞きなれない言葉に首を捻ったルーティアを軽くあしらい、サナトはさっさと次の作業を進める。

お湯の塊《かたまり》が次々と《光輝の盾》で作った簡易《かんい》風呂に連射され、どんどん湯量が増えた。

「すごいです……湯気《ゆげ》が出てきました」

「ほんとだ、マスターって想像力すごいよね」

「まあ、ざっとこんなものだ」

「お風呂ってこんなに広いんだ」

「何人でも入れそうですね」

「……そうだな。広さは十分だ」

サナトは浴槽《よくそう》の出来に満足した。

《光輝の盾》で囲んだために、お湯が金色に輝いている。

思わぬ副次効果だ。飾《かざ》り気《け》は無いが、なかなか豪勢《ごうせい》に見えた。

（金色の大浴場は商売になりそうな気もするが……異世界初の風呂をこんな形で楽しむことになるとは……《解析》の力様々《さまざま》だな）

「では早速入るとするか」

「サナト様のお手製の風呂を満喫《まんきつ》できるとは……このバール、感無量でございます」

「はっ？」

サナトは背後の不吉なひと言に、慌てて首を巡《めぐ》らす。

すらっとした立ち姿の悪魔が着ていたスーツの上着《うわぎ》から袖《そで》を抜いたところだった。

どこに繋がっているのか知れない空間から、木製のハンガーのようなものを取り出し、丁寧《ていねい》にかけて放り込んでいる。

良く分からない鼻歌まで歌っていた。

「バール……お前も入るのか？」

恐る恐る確認するサナトの言葉に、バールが目を丸くした。

「おや？　てっきりこれだけ広い浴槽ですから、四人まとめてのつもりだと思ったのですが……もちろんサナト様が一番で構いませんが、私もご相伴《しょうばん》にあずかれるものだと……」

「い、いや……それは……」

サナトはちらりと二人の少女を盗《ぬす》み見る。

あわよくば背中を流してもらおうと考えていたことは事実だ。

最初から最後まで一緒に入ることはハードルが高いと思っていたが、何らかのふれあいを期待していなかったと言えば嘘になる。

「四人まとめてって……悪魔と一緒にお風呂に入るのは嫌」

「私も嫌です……」

名案が無いかと思案していたサナトに二人の無情な言葉が飛んだ。

はっきりした拒絶にバールが軽蔑《けいべつ》の眼差しを向けた。

「入浴するのに悪魔かどうかなど関係ないと思いますが？」

「大ありだって。悪魔がお風呂に入るって時点でおかしいのに。襲われたりしたらどうするのよ」

「私がルーティア殿を襲うと？」

問われた銀髪の少女がはっきりと首を縦に振った。

悪魔が眉をひそめた。

「リリス殿もその理由で？」

「……えっ、わ、私はその……体を……」

薄紫色の髪の少女はサナトの方を盗み見し、すぐに悪魔に視線を戻した。

バールがせせら笑う。

「お二人の言いたいことは分かりましたが、自意識過剰《かじょう》なのでは？」

「……どういうことよ」

「私がお二人に悪戯《いたずら》をするとか舐《な》め回すように体を見るといったことを嫌がっておいでなわけでしょう？　私は性別すらない悪魔ですよ？　女性の体になど露《つゆ》ほども興味はありません。それを被害者ぶって、入浴という素晴らしい時間を共有できないとは、なんと痛《いた》ましい話でしょうか」

「あんたが興味ないって証明できないでしょ？　それに、お風呂は男女別でしょ。それくらい知ってる。マスター、そうだよね？」

「……えっ？」

第十話　一緒に入りたい

サナトは空気を漏らすような声で返事をした。しかしそれ以上の言葉が続かない。

場に沈黙が舞い降りた。

ルーティアがゆっくりと訝《いぶか》しむ目つきになる。

サナトの背中に冷や汗が流れる。

「まさかとは思うけど、マスターも一緒に入ろうとか考えてないよね？」

「……も、もちろんだろ。俺がそんなことを考えるはずがない」

サナトは乾いた笑いを浮かべる。

「だよね」

「でも、ご主人様の体を洗って差し上げるのは奴隷の仕事ではないでしょうか？」

リリスがおずおずと口を出した。

「そんなのリリスがしなくていいと思うよ。奴隷でも嫌なら断ればいいんだし」

「……えっと……べ、別に……それくらいなら――」

「それに、洗うのも悪魔にさせればいいじゃん」

「私がサナト様の体を？　なるほど、悪くないですね。お喜びになる姿で隅々《すみずみ》まで――」

「やめてくださいっ！　やっぱり私がご主人様の背中を流しますっ！」

場の空気がだんだんと険悪《けんあく》になっていく。

傲然《ごうぜん》と胸を反《そ》らして正論を口にするルーティアをバールが鼻で笑い、リリスが二人の仲《ちゅう》裁《さい》を試《こころ》みる。

サナトはその様子に大きくため息を吐いた。

（リリスの発言は非常に嬉しい。できるなら頼みたいが、これに関してはルーティアの言い分が普通だ……そしてバールの提案は……これは絶対に阻止《そし》しなければならない。色々と取り返しのつかない事態になる可能性がある）

サナトは冷静に考えをめぐらせる。

このままでは泥沼《どろぬま》だ。せっかくのお湯が冷めてしまう。

（恥《はじ》も外聞《がいぶん》も捨てて、一緒に入りたいと言えればどれだけ楽だろうか……だが、俺にはできない。ストレートな欲望を口にするのはとても無理だ。冷たい瞳が返ってきた瞬間に俺は終わる）

サナトは最悪の想像にごくりと唾《つば》を呑みこみ、重々しく口を開いた。

「お前たちの意見は分かった。風呂はルーティアとリリスで入れ。俺はバールと入る。ただし、変身と体を洗うのは却下《きゃっか》だ……ところで、バールは風呂を作れるのか？」

「もちろんです。サナト様お手製の風呂に入れないのは残念ですが、私は何より気持ちよく入りたいので遠慮いたしましょう。嫌われてる相手と一緒では疲れも取れませんしね」

「ということだ。だがこの空間は衝立《ついたて》もないし……どうするか」

サナトは腕組みをして空漠《くうばく》とした景色に視線を向けた。

ところどころに岩陰はあるが、風呂を隠せる場所は無い。

「仕方ない。俺とバールは扉の外で待つことにするか」

「壁だけであれば、すぐに用意しますが」

「できるのか？」

サナトの問いにバールが目で頷き、片手を空間の中央に向けた。

そして一言発する。

「《大隆起《だいりゅうき》》」

途方もない地響きが生じた。

迷宮ごと揺れているのかと思わせる震度《しんど》は、大地震の真っただ中に放り出されたようだ。

だが、その驚きは目の前にみるみる盛《も》り上がった巨大な岩にかき消された。

わずか数秒だった。

サナトが驚愕《きょうがく》の表情で見上げた。

「すごいな。岩を作り上げたのか？」

「そのようなものです。壁で二部屋に分けたのです。使い勝手の乏《とぼ》しい魔法ですが、こんなところで役に立つとは僥倖《ぎょうこう》です」

「そうか……助かる。だが、今度から間近《まぢか》で魔法を使う時には前もって教えてくれ」

サナトは二人の少女を見た。

仲良くぽかんと口を開けて岩壁を見つめている。

「リリスとルーティアもこれで安心して風呂に入れるな。俺達は向こう側《がわ》で汗を流してくる。終わったら大声で……というかルーティアは内心で俺と話せるよな？」

「うん……」

「じゃあ、それで呼んでくれ。いくぞ、バール」

「承知いたしました」

「あっ、ついでにあそこの扉の部分も岩でふさいでくれ」

「お安い御用です」

この空間へのたった一つの出入り口に岩がせり上がった。

これで第三者の侵入《しんにゅう》が不可能になった。

サナトの後ろにバールが続き、揃って壁の向こう側に移動する。

「で、お前の言う風呂はどうやって作る？　お湯なら出せるが」

「サナト様のお手を煩《わずら》わせることはありません。すでに準備できていますので、呼び出せばすぐにでもお楽しみいただけます」

「……呼び出す？」

「はい。ご覧《らん》ください」

バールが視線を虚空に向けた。サナトも釣《つ》られてそちらを見た。

「――っ」

とてつもなく巨大な黒い渦《うず》があった。空間すべてを覆《おお》うほどにぽっかりと口を開けた円だ。

流れてくる得体の知れない空気が肌をチリチリと撫でた。

「これは……《時空魔法》か？」

「はい。《テレポート》のゲートを少々大きくしただけですが、私の風呂は魔界にあるもので」

謙遜《けんそん》しつつも、バールの声は今までで一番得意げだった。

第十一話　対抗心

何かが近付いてくる。

腹の底に響くような重量のある音を規則正しく鳴らしながら、確実に近付いてくる。

巨大な何かが黒いゲートからぬうっと姿を現した。

「なんだこれは……」

「名はグランロールタートル。魔界でも屈指《くっし》の防御を誇《ほこ》るモンスターです」

サナトは呆気《あっけ》にとられた。どう見ても巨大な黒い岩亀だ。

鈍重《どんじゅう》さの代わりに分厚《ぶあつ》い甲羅《こうら》を主張する生き物は、太い四足と凶悪な爪を動かし、まがまがしい牙が生《は》えた口を開閉した。

「レベル48……防御が1000を超《こ》えている亀だと？」

「亀ではございません。モンスターです」

バールの微妙《びみょう》にずれた答えに、サナトは「言いたいのはそういうことではない」と内心で突っ込んだ。

この値はリリスを超えている。

もちろん他の値は比較にならないほどに低いが、防御面だけなら倍近い。

毒々しい紫色の巨大な口内が目に入った。

「これがバールの風呂か？　まさか口の中に飛び込むとか言わないよな？」

「有りえません。調教はしていますが、さすがに食べられてしまうでしょう。風呂はあの甲羅の頂上です。では参りましょう」

バールが小さく微笑み再び空間に黒い穴を開けた。お先にどうぞ、とばかりに頭を下げて入るよう促《うなが》している。

サナトが空間に足を踏《ふ》み入れた。一瞬、目の前が真っ暗に変わり、すぐに明るくなった。

気付けばそこは亀の背中の上だ。

七畳《じょう》ほどの広さの穴がぽっかりと開いて、湯気をたてる湯が張られている。ただ、色がイカスミのように真っ黒だ。

「本当に風呂っぽいが……」

「でしょう？　お気に召《め》されたでしょうか？」

「なぜお湯が黒いんだ？」

「さあ、それは私にも。ですが良い香りがしますでしょう？」

漂うフローラルな香りにバールがうっとりと目を細める。

サナトの許しが出れば、今にも飛び込みそうな姿勢だ。

「これを見つけた時には飛び上がりました。温度も香りも素晴らしい。ちなみに、グランロールタートルはこの香りでメスを引き付けるそうですが、この芳醇《ほうじゅん》さ……引き付けられるのも当然です」

「えっ……そうなのか？」

ばっと振り向いたサナトは急激《きゅうげき》に入る気分がしぼんでいく。

(聞きたくなかった。亀の求愛用の何かに浸《つ》かるというのは人間としてどうなんだ？　そもそもこの黒いのはお湯じゃないよな？　もしかして体液とかじゃ……よく見ると底から細かい泡《あわ》がぷくぷくと湧いているし……皮膚《ひふ》は大丈夫か？）

サナトは悪魔を振り返った。

またの機会にしようか、と言うつもりだった。

しかし、

「では……サナト様の御寵愛《ごちょうあい》をいただける姿に変身……おっと、それは禁止でしたね。私の専用風呂ですが、今の私は従者《じゅうしゃ》も同然。どうぞお先に」

バールは心底まちわびているといった様子だ。

サナトは再び前を向いて顔をしかめた。どうあっても入らなければならないらしい。

「服をお預かりしましょうか？」

「いや……アイテムボックスがあるから大丈夫だ」

サナトがしぶしぶ身につけている物を外した。

目の前には粘度《ねんど》の高そうな液体が黒い泡を吐いている。

「よし……いくぞっ」

「それほどの意気込《いきご》みで……」

目を細めたバールは嬉しそうだ。

（腹をくくらないと浸かれないんだよっ！）

無意味に呼吸を止めたサナトが、意を決して湯のような何かの中に足を入れた。

＊＊＊

ちょうどグランロールタートルがゲートから重い体を揺すりながら現れた時だ。

壁の向こう側では、ルーティアが躊躇《ちゅうちょ》なく衣服を脱《ぬ》ぎ終え、リリスが遅れて恥ずかしげに最後の一枚に手をかけたときだった。

空間を揺さぶるような振動が発生した。

「ご主人様っ⁉」

地響きのごとき足音を聞いたリリスは瞬時に顔色を変えた。

頭に浮かんだのは最悪の事態。桁外《けたはず》れの悪魔と連れ立って消えた主人に何かあったのだ。

立て掛けてあったバルディッシュを乱暴に掴み、己の格好も厭《いと》わず走り出そうとした。

だが、ルーティアが手を握って止めた。

「大丈夫だよ。ちょっと大きな亀が出たんだって」

「亀？」

リリスの顔が訝しげに歪む。

「うん。マスターもびっくりしたみたいだけど問題なさそうだよ。私もよく分かんないけど亀がバールのお風呂なんだって……んー亀の背中にお風呂があるみたい」

「背中にお風呂？」

よく分からない話を聞かされたリリスはさらに顔をしかめたが、ルーティアは耳をそばだてるように音を拾っている。

表情は楽しそうだ。

「あとに引けないんだろうなあ」

「……ご主人様は本当に大丈夫ですか？」

わき上がる苛立ちを抑え込み、リリスは確認した。

主人の安否《あんぴ》は少女にとっては己の感情よりも遥かに重要だ。危険が差し迫っているならば、何をおいても駆けつけるつもりだった。

「うん。今、お風呂に入ったみたい」

「……ルーティアさんは離れていてもご主人様の声が聞こえるのですか？」

言ってすぐ後悔した。聞かずとも予想できたことだ。

しかも、声に刺々《とげとげ》しい響きが込もっていた。

理由は考えずとも分かっている。

――羨ましいのだ。

どこにいても声が聞こえるその能力が。

サナトを手助けできるスキルと、これまで積《つ》み重ねてきた時間の差が。

その容姿も。

知らず手に力が入った。

だが、リリスは努めて平静を装う。サナトはルーティアに対抗心を燃やすことを良く思わないだろう。

自分はご主人様に大切にしてもらっている、と心の中で言い聞かせ、心を落ち着かせる。

肌身離《はだみはな》さず首に付けるチョーカーに指先で触れた。

ルーティアがそんな葛藤を知ってか知らずか、感心したように言う。

「今は耳を澄《す》まして聞こえる程度かな。マスターってすごく度胸《どきょう》あるかも。一度殺された悪魔と一緒にお風呂に入るなんて……しかも自分から話しかけてるし」

「ご主人様は、とても強い人ですから」

言い切ったリリスの言葉には有無を言わせない迫力《はくりょく》がある。

一方、ルーティアは風呂に浸かり、《光輝の盾》に上半身を預けている。豊かな膨らみが壁に押し当てられて形を変えた。

視線は壁の向こうを見通しているようだ。

金色の湯の中で優しく微笑む横顔は、リリスですら息を呑むほどに美しい。水滴を弾《はじ》く白い裸体《らたい》からは神々《こうごう》しさすら感じる。

「リリスも入れば？　マスターは大丈夫だし、それに下着一枚で向こうに行けないでしょ？」

無邪気《むじゃき》な笑顔で言う。当たり前のことだと言わんばかりだ。

リリスの心が反発した。私は望まれるなら嫌ではない、と。

だが、「ご主人様なら構いません」という言葉だけはぐっと呑み込んだ。口に出した瞬間に、自分の中の対抗心が燃え上がりそうだったからだ。

必死に考えないようにし、目を向けないようにしている事実。

我慢《がまん》しなければ醜《みにく》い感情に火が付く。

そう直感して、リリスは口を引き結んだ。

小さなリボンをあしらった白い下着から足を抜き、丁寧にたたんでアイテムボックスに収めると、ルーティアと同じ湯に浸かる。

「温かい……」

思わず漏れた吐息のような声。体を拭《ふ》いたことしかないリリスにとって初めての経験だ。

ほのかに体の表面が温かくなった。

サナトが魔法を使って用意してくれたものだと思うと、じわじわと心が満たされ、ささくれ立った気持ちが落ち着いた。

だが、同時に後悔も湧いた。

さっきの自分の態度は何だったのか。サナトと少し距離《きょり》が近いからといって、あの苛立った声は何だったのか、と。

ルーティアは主人の無事を伝え、入浴を勧《すす》めただけだ。決して自分の方が役に立っていると自慢したわけではない。

しかし、素直に謝《あやま》ろうとまでは思えない。

「ねえ……言いたいことがあるなら言ってほしいな」

いつの間にか、ルーティアが見透《みす》かすような目で見ていた。

リリスは気まずくなって視線を泳がせた。

第十二話　吐き出したもの

「別に言いたいことなんて……」

リリスは唇を噛んで俯《うつむ》く。

ルーティアが苦笑いしながら、壁を見上げてぽつりぽつりと言う。

「私はマスターのスキル。それ以上でもそれ以下でもない。役に立つことが私の役目だし、役に立たないとダメ。だからマスターの中にいる時からずっとそれだけはがんばってきた。

たまにイタズラはするけどね」

　ルーティアがしんみりとした口調で続ける。

「まさか外に出られるようになるなんて思ってなかった。人間の姿で出られると分かった時は飛び上がりたいくらいに嬉しかった。でも、これでも最初は緊張したんだよ？　一度姿を決めちゃうと変更できないみたいなんだよね……マスターの好みってどんなタイプか知らないし。性格はどうしようもないけど、せめて印象は良くしたいでしょ？」

　長い銀髪を胸の前で労《いた》わるように撫でながら、ルーティアが微笑んだ。

　そして、預けていた上半身を後ろに倒し、両手をついた。

「あのドレスだってすごく考えたんだよ――」

「……どうしてそんな話を？」

　リリスが口を挟んだ。

　ルーティアが不思議そうに首を傾げる。

「リリスが考えてることも似たようなことでしょ？　違う？」

「ち、違います。私はただ……お役に立ちたいだけです」

「それ一緒だって。役に立ちたいって思うのは嫌われたくないからでしょ？」

「……助けてもらったお礼をしたいだけです」

「素直じゃないなあ……マスターと似てるね」

ルーティアの言葉に、リリスがむっとした表情になる。

あからさまな顔は珍しい。

「リリスは――好きなんでしょ？」

「ち、違いますっ！」

放たれた真っ直ぐな言葉に、リリスが頬を染めて立ち上がった。

持ち上げられた湯が音を立てて跳ねた。

「私は奴隷です。ご主人様のことを好きになることなんてありません。それはダメなことです！」

早口で付け加えたリリスの前で、ルーティアもゆっくりと立ち上がり視線を合わせた。

そうして、それは違うと首を振る。

「そんなことないよ」

「……ご主人様と私は身分が違います。それに魔人ですから許されません」

「誰が決めたの？　魔人だからとか、奴隷だからとか」

「それは……」

リリスが言葉に詰まった。

「そう思い込んでるだけでしょ？　気にしなくていいじゃん。マスターはきっと喜ぶよ」

「……そんなはずありません。ご主人様は私によくしてくれますけど……それは奴隷だからです。気持ちを押し付けることは……できません」

悲し気《げ》に俯いたリリスが波立つ湯面《ゆおもて》を見つめる。

ルーティアがやれやれと目じりを下げた。

「変な意地だと思うけどなあ。一度伝えてみたら？」

「そんなこと絶対にできません。きっと気持ち悪いに決まってます。それに……」

「それに？」

「もし嫌われたら絶対に後悔します。だから……今のままで十分です」

「そっか。嫌われると思ってるから怖いんだね……」

「私は……お側《そば》にいられるだけで十分なんです。ご主人様とずっと一緒にいられるルーティアさんに私の気持ちが分かるはずがありません」

「ううん。分かるよ」

「いい加減なこと言わないでっ！　頼りにされてるあなたがっ、いつ捨てられるか分からない私の気持ちなんて絶対に分かりっこないっ！」

リリスは憤慨《ふんがい》して睨みつけた。拳に力が入り、体が震えた。

しかし、ルーティアは「ようやく言ってくれた」と納得した顔になる。

「それがずっと思ってたことなんだね」

「……笑いたかったら笑って。自分でも嫌になるくらいだから。ご主人様に呆れられて、いつか捨てられるんじゃないかって不安なの……だからいっぱいがんばろうって思って……でも、そしたらルーティアさんが出てきて……」

リリスは徐々に嗚咽《おえつ》を漏らし、涙をうっすらと瞳に溜めた。

「ご主人様とずっと一緒にいられるスキルなんてひどい……人間になるなんてずるい……私は全然役に立ってないのに……」

立ち尽《つ》くすリリスにルーティアがゆっくりと近付き、震える体を両手で包み込んだ。

お湯で暖《あたた》まった体が、リリスにほんのりとぬくもりを与えた。

「ごめん。こんなに綺麗で、可愛らしくて強いリリスが悩んでるなんて知らなかった……マスターが私の話をしてから、ずっと抑えてきたんだね。役に立てない辛《つら》さか……今は分かる」

「……どうしてそう言えるの？」

「私もリリスと同じ立場になったから」

抱きしめた両腕に力が入った。

飄々《ひょうひょう》とした普段の表情からは想像できない不安に揺れる少女がそこにいた。

リリスの耳元でルーティアが沈《しず》んだ声で囁《ささや》く。

「悪魔が出てきたでしょ？　マスターを殺しておいて、あっさり溶け込んできたあいつ」

「……うん」

「マスターが嫌じゃないなら別にいい。まだ許せる。あいつがマスターの大きな力になるのも分かる。《悪魔召喚》を試そうって言ったのは私たち。でも……だからってマスターの隣に立つのはダメ」

「それは……分かるかも」

　リリスが小さく頷いた。

「役に立つ代わりに、マスターの魂を持っていくとか有りえない」

「うん……」

「私たちを差し置いて、バールが一番頼りになるって思われるのだけは嫌」

「うん」

　ルーティアが腕を解いて体を離した。そこには確固《かっこ》たる想いがある。

　──本当にサナトのためを思っているのは自分達だ、と。

「リリス、ごめん。同じ立場にならないと、悩みって分からなくって……まさか悪魔が出てきて不安になるなんて思いもしなかった」

「ううん。私も……どうしようもないことに怒ってごめん。言われてみれば、ルーティアさんよりあの人の方がずっと危険だよね」

　フランクな口調に変わったリリスが顔をほころばせる。

　同じ悩みを抱える二人が顔を合わせて笑った。

「何かあったら協力してくれない？」

「喜んで。手ごわそうですから、是非《ぜひ》協力したいかも」

「早速、大きなお風呂を引っ張りだしてきたしね。あんまりマスターの反応は良くなさそうだけど……」

「でも、岩を作った魔法はすごかった」

「確かにね。これからどんな手を使ってマスターを籠絡《ろうらく》するのか分かんないから注意しないと、だね」

「はい。それと、あの変身は特に注意しないと」

リリスが厳《きび》しい顔を見せる。

「あれね。あの胸の大きい女とか、子供みたいな女の子とか。マスターはあんなのがいいのかな？」

「それは分からないけど……幸いご主人様はまったく興味なさそうな感じでした。でも、もしものことがあるから……」

「それなんだけど……もしかして私たちがいたからって可能性もなくない？」

「そう？　私はどっちかというとルーティアさんを見ていた時の方が危ないって思ったけど」

「えっ？　ほんとに？」

「うん……なんか、ちょっと嫌な感じの顔だった」

「そ、そうなんだ……ふーん……あっ、でもそれを言うなら、リリスを見る時のマスターはずっと優しい顔をしてるよ」

「それは……たぶん私を大事な持ち物だと考えてくださってるからだと思う」

表情を曇らせたリリスの肩に、ルーティアが即座に手を置いた。

「大丈夫だって。それだけは絶対に違う。マスターはリリスを好きだと思うよ。私も応援するから安心して」

「ルーティアさんは……それでいいの？　その……好きじゃないの？」

目を丸くしたルーティアが少しの間考え込んで言う。

視線は遠くを眺めている。

「どうかなあ。マスターのことは好きだけど、そういう好きって感じじゃないかな。ほんとに力になりたいだけ」

「そうなんだ……」

リリスが胸に手を当ててほっと息を吐いた。

「でも、これから優しくされたら……もしかするかも？」

「じゃあご主人様には厳しくするように言っておきます」

「えぇっ⁉　リリス、ひどいよ！」

珍しいリリスの毒舌にルーティアが大げさに顔をしかめた。

二人はそろって笑い声を上げた。

第十三話　余計だった人質《ひとじち》

女性組が新たな決意をし、対バール同盟を結んでいたころ、サナトは見えない水中を睨みつけていた。

（液体の粘度がおかしい。イカスミというよりコールタールにでも浸かっているようだ）

両手ですくった液体が指の隙間《すきま》を撫でながらドロリと戻っていく。あたりにフローラルな香りが漂った。

（匂いは悪くない。だが、この粘《ねば》りつく感じ……巨大亀のなんの液体だ？）

顔を近付け、水中を見通すように眼を凝らした。

徐々に慣れてきた時のことだ。

縁《ふち》に背中を預けていたサナトは眼にした情報を疑った。

サナトとバールしかいないはずの液体に、『クリアフライフィッシュ』という名前表示が視《み》えたのだ。

（レベルが19の時点で、絶対にろくな魚じゃない……）

サナトは小さくため息を吐いた。

「バール、この中に変な魚がいるだろ？」

「……？　ああ、クリアフライフィッシュですか？　そうですね、ここに」

目をつむって頭を縁に預けていたバールの金色の瞳が開かれた。

軽く体を起こし、ごそごそと液体の中を探《さぐ》り、片手を持ち上げた。骨が透《す》けて見える二十センチほどの魚を掴んでいた。

「……ペットか？」

「いいえ。この魚は水を求めて魔界を飛び回っているのでグランロールタートルの香りに誘われたのでしょう」

「飛べるのか？」

「ええ。ここに羽があります」

バールが両側についたヒレを広げた。奇妙な丸い模様《もよう》が浮き出た透明《とうめい》なものだ。

「悪魔が時空に穴を空《あ》けた時に、水を求めて通る習性があるので、人間界でもまれに見つかることがあります」

「不気味な声でぎゃあぎゃあ鳴く八つ目の魚は見たことないが。まさか肉食か？」

「いえ。この魚が食べるのは水です」

「水？」

「飲むと言い換《か》えても良いかもしれませんが、要は水を飲み成長し、その場に無くなれば飛んで新たな水場を探します」

「ほう……」

サナトは興味なさげに相槌《あいづち》を打った。

「意外と味も悪くないですよ。生がおすすめですが、試食されますか」

「……いや、食事はさっき取ったところだ。遠慮しておこう」

（魔界の魚を人間の俺が食べるわけがないだろ。生で食べたら寄生虫《きせいちゅう》にあたるかもしれない）

「では、明日にしましょう」

「え？」

バールは掴んでいた魚を真横に開いた暗い穴に放り込む。

不気味な鳴き声が一瞬で遠くなり、穴が閉じた。

「明日……バールが食べるのか？」

「悪魔は召喚主からＭＰを頂くだけで大丈夫です。サナト様はＭＰが減らない体質のようなので不足する心配もありません」

「……では俺が？」

「ご心配をかけてしまったようですね。もちろんサナト様に振る舞わせていただきますのでご安心を」

「いや……そんな心配は別にしていないのだが……そうか……俺用か……」

サナトが目を細め、しばし黙り込む。

「私は料理の腕も魔界屈指です。珍味《ちんみ》をご用意しましょう」

「……食べるものは色々あるから、そんなに気を使ってもらわずとも大丈夫だ……本当に」

ゲテモノ料理だろう。

想像の中で出された皿には、八つ目の魚の尾頭《おかしら》が乗っていた。

＊＊＊

サナトが湯から上がる。粘つくかと思った黒い液体はあっさりと体から滑り落ちた。体に水滴すら残らない。

わずかに残った水分を布でふき取り、衣服に袖を通した。

バールもあとに続いた。

ネクタイをきゅっと締《し》め終えた時だ。

「時に、サナト様……私も質問してもよろしいですか?」

「質問？　何だ？」

金色の瞳を輝かせたバールは興味津々《しんしん》の顔で言った。

「私を殺した時、どのようにしてゲートの行先をあの場所に変えたのですか？　魔法の失敗も無いわけではないですが考えにくい。確かに移動先を魔界のとある場所へと指定したはずです」

　サナトは腕組みし、意味深《いみしん》な目つきでバールを見る。

「説明することのデメリットが大きいな」

「……私に知られれば反逆されると？」

「いや、スキルで呼び出した以上はバールの言っていた内容は本当だと思っている」

「なるほど……そこは問題ないと。つまり、サナト様は見返りが欲しいとおっしゃるのですね？」

「手の内を一つ明かすわけだからな。まあ、二度と悪魔と戦いたくはないがな」

　苦笑するサナトに、バールが納得した顔で微笑んだ。

「承知しました。では何らかの対価をご用意いたしましょう。何をお望みですか？」

「そうだな……リリスとルーティアの武器と防具だな」

「あの二人の？　なるほど、レベルと釣り合っていないというわけですね」

　サナトが重々しく頷いた。

「特にリリスは、レベルアップに武器がついてきていない。お前も受け止めてそう思わなかったか？　おそらく全力であのバルディッシュを振るえば、すぐに使い物にならなくなる」

「確かに性能が劣《おと》っていることは間違いありません。今のリリス殿にとっては、木の枝と変わらない頼りなさでしょう」

「そういうことだ。で、どうだ？」

「魔界の伝説級の武器となるとさすがに情報一つの対価としては不釣《ふつ》り合いです」

「そこまでは求めていない。リリスのレベルで使える武器ならそれで構わない」

「レベル50程度の者が使える物で良いと？」

バールの確認に、サナトが「そうだ」と答えた。

最初からそこまでの物は期待していない。目の前にいる悪魔は途方もない強者だ。低レベルの者が考える強い武器と、圧倒的な強者が考える強い武器では大きな隔《へだ》たりがある。

そこに一つの期待がある。

（バールにとってのレベル50は大した強さではないだろう。何せ風呂として使う亀がその程度なのだ。こいつには下っぱくらいなはず）

バールが片手を顎《あご》に当ててしばし考え込んだ。

出てきた答えはサナトの予想通りだった。

「いいでしょう。その程度の武器や防具で良いのであれば、わざわざ用意するまでもなく手持ちにありますので」

「よし。話は成ったな」

バールが「確かに」と頷いた。

「では、あの時の策を教えていただきましょう」

「策というほどでもない。説明するより見せた方が早いだろう。バール、そこら辺にゲートを一つ作ってくれ。行き先はどこでも構わない」

亀の背中で虚空を指差すサナト。当然その場には何もない。

バールが言われた通りに《時空魔法》を使用した。二メートルほどの黒い穴が音も無く現れた。

「これでよろしいですか？」

「問題ない――こうしたんだ」

サナトが穴を見つめてつぶやいた。

一見して何も変化が無い。だが、バールは眼を見開いた。

「私のゲートのすぐ前に、同じ大きさのゲートを……」

「俺は無詠唱で魔法が使えるから、音もなくゲートを開けられる。お前と同じようにな。

行き先をこの場に指定したゲートを、お前が作ったゲートのわずか手前に設置したんだ」

「……私が倒れ込んだと思ったのは、サナト様のゲートだったと。《時空魔法》を最初からお持ちだったのですか？」

「いや、それは胸を貫かれた時に《複写》した」

「《複写》？　私のスキルを写し取ったと？」

　サナトが微笑む。

「その通りだ。《時空魔法》を《複写》し、呪文を無詠唱化して、あの場面で使用した」

「私が逃げると思っていたのですか？」

「ピンチになればな。お前は何かと確認するタイプだった。俺の魔法の威力を調査していたことや、リリスの状態を確認していたことから明らかだ。慎重派は必勝の状況でなければ、無理に攻《せ》めないことが多い。場に現れた方法から考えても、ピンチに陥ればゲートを使用して態勢を立て直すだろうと思っていた。移動には最適な方法だからな」

「私を前にして、あの状況でそこまで考えていたとは……」

　感心するバールに、サナトがかぶりを振る。

「単にお前と俺の思考が似通《にかよ》っていたから思いついただけだ」

「ですが、サナト様が私と同じタイプなら、普通は逃げるのでは？　私は逆の立場なら間違いなく逃げる算段をしています」

「……リリスを人質に取られていなければ、そうしただろう」

バールが愕然《がくぜん》とし、続いて口角《こうかく》を小さく片方上げて、悪い笑みを見せた。

「なるほど。つまり、人質のせいで私自身が墓穴《ぼけつ》を掘《ほ》ったということですね。《悪魔召喚》まで与えてしまったのは自業自得だと……ふふふふ……サナト様を逃がした方が牙を向けられなかったわけですか」

「まあ、そうなるな」

あっさりと肯定《こうてい》されたことに、バールが痛快だと言わんばかりに破顔した。

「出しぬかれたのは私だったと。まさか慎重であることがこうまで裏目に出るとは」

「……遊びの延長上にある慎重さなんて役に立つはずがない」

バールは思いもかけない言葉に目を丸くした。

すぐにサナトが言わんとすることを理解した。

「ふふふふ……甘く見すぎたということですね」

「今のバールは俺の戦力だ。敵を舐めて死ぬようなことは勘弁《かんべん》してくれよ」

「手厳しいお言葉、しかと胸に刻《きざ》んでおきましょう」

話は終わりだと告げたサナトが、ゲートを使用してグランロールタートルから地面に降り立った。

しばらくの間、バールのこらえきれないような笑い声が響いていた。

第十四話　異世界で初めての

「で、寝ようかと思うのだが……バール、かまくらのような物を作れるか？」

「かまくら、ですか？」

「何と言えばいいのか……こんな形のものだ」

サナトが手振りでかまくらの説明をする。

バールが「光を遮断すれば良いのですね」と言いながら、《土魔法》を使用した。

見事に、かまくらよりも大きめの入口兼《けん》出口がついた小さなドームが出来上がる。

ルーティアが嬉々として布団を片手に滑り込むように入り、顔を出した。初めて旅館の部屋に案内された子供のようだ。

「はーい！　マスターの場所はここだよっ！　リリスはそっちね！」

ルーティアが隣のスペースを軽く叩いてアピールする。

サナトは冷めた視線を送った。布団はリリスに買い与えたものだ。

「一枚だと狭《せま》すぎるな……リリスのスペースも足《た》りない」

「あっ、私は別に地面の上でも寝られますので……」

「待て待て、それは俺が認めない。俺ももう一つ同じ布団を持っている。俺はバールにもう一つ作ってもらって、そっちで寝る」

「一緒でいいじゃん」

不満の声をあげたルーティアを無視して、サナトはアイテムボックスから布団を取りだした。

ルーティアが気付いたようにぱちんと手を打ち鳴らした。

「合わせちゃえばいいよね？」

「……は？」

「小さ目の布団だから並べちゃえばみんなで寝られるよね？」

サナトは渋い顔をした。

「だがバールまで入るとなるとさすがに……」

「私は眠《ねむ》る習慣が無いのでお気になさらずに」

「え？　寝ないのか？」

「悪魔は眠るのではなく、瞑想《めいそう》に近い状態の休息を取ります。立ったままでも、座ってでも可能なので横になる習慣は無いのですよ」

ルーティアが「やった！」と目を輝かせた。

嬉しそうな顔で、サナトの手を引いてぐいぐい引きずり込もうとした。

「じゃあバールは布団いらないね。なら三人！　このかまくらっていうのも一つで十分！」

「い、いや……どちらにしろ見張りは必要だ。全員が寝るわけにはいかない」

腰を落とした姿勢のサナトが抵抗する。

「では、私が見張りをいたしましょう。瞑想中は敵意に敏感になりますから、造作《ぞうさ》ないことです」

「バールは優秀《ゆうしゅう》だな」

「そうでしょうか？　習慣というだけですが」

「無理せず一度魔界で休んでも構わないぞ？」

「お断りいたします」

バールがにこりと微笑んだ。

「見張りなら私もできます！」

「私も、私もっ！」

「な、なんだ突然……二人ともどうした？」

リリスとルーティアが揃って声をあげた。

何かが心の琴線《きんせん》に触れたのか、表情がやる気に満ち溢《あふ》れている。

サナトがあっけにとられた顔をした。

「……リリスはともかく、ルーティアは寝る気満々だっただろ」

「えっ……ま、まあ見張りくらいで負けるの嫌だなあって」

「負ける?」

「う、ううん、違うの違うの！　こっちの話！」

ルーティアが片手を顔の前で振った。

「……よく分からんが、どっちにしろバールがしてくれるからルーティアは寝ておけ。リリスもだ。交代が必要なら俺が代わる」

「私に交代など不要ですので、サナト様もお休みください」

「……意外といいやつだな」

「いいえ、そんなことは。単に片手間の作業というだけです」

「そうか……悪いな」

優雅におじぎをするバール。

サナトは頷いて、二人の少女を横目で窺う。

何か言いたそうだと気付いていたのだが、気のせいだろうと流していたのだ。

「二人ともどうした?　さっきから微妙な顔をして……」

「別に」

「何でもありません」

ふてくされたようにそっぽを向いたルーティアと、俯くリリス。

サナトは訳が分からず首を捻《ひね》った。

＊＊＊

「で、俺が二人の間というのは変わらないのか？」

「もちろん！」

「ルーティアはこう言っているが、リリスは遠慮しなくていいぞ？　俺の横だとその……寝にくいだろ？　やはりバールにもう一つかまくらを作ってもらおうか」

「い、いえ……私は……大丈夫です」

外に出ようとしたサナトの腕を、ぷるぷると首を振るリリスが引き止めた。

表情は俯いて見えないが、耳がほんのり赤く染まっていた。

風呂あがりの影響もあるかもしれない。

(こういう、勘違《かんちが》いしそうな態度は困るんだよな……よく考えれば、奴隷が主人の添い寝を嫌がれるわけないし……ってルーティアはもう寝転《ねころ》んでいるのか)

「マスター、はやくー、ここっ！」

「分かった……分かったから手を引っ張るな。お前は子供か」

「だってこんなの初めてなんだもん。楽しみで仕方ないの！」

ルーティアがにかっと笑う。

「だからと言って……俺にも心の準備ってものが……」

「心の準備？」

「ゴホンッ……ま、まあ寝る前には準備があるってことだ」

「ふーん……」

「とりあえずリリスも入れ。俺が真ん中らしいから、リリスは左側だな」

「……はい」

ルーティアが右に、リリスがおずおずと左に。

そしてサナトは平然とした顔で中央に横になった。

＊＊＊

静かな夜だった。湿度《しつど》が高いことを除《のぞ》けば、普通の部屋と変わらない。

モンスターも冒険者も入ってこない閉鎖《へいさ》空間の中で、楽しそうに今日の話をしていたルーティアと、相槌《あいづち》を打ちつつ小さく微笑んでいたリリスが寝息を立てていた。

波乱《はらん》の一日だった。

疲れも溜《た》まっていただろう。二人は無垢《むく》な顔で眠っている。

サナトは布団の合わせ目の上で、何度目かの寝返りを打った。

(寝られない……)

右側に体を向けた。

「すぅー、すぅー」

美しい銀髪の少女の顔が視界に入った。

規則正しい寝息がサナトの神経をこれでもかと刺激《しげき》した。

ルーティアはワンピースに着替えている。

寝間着《ねまき》代わりにリリスに借りたのだろう。無防備な胸の谷間が目の前で何度も上下している。

正体不明の良い香りが鼻腔《びこう》をくすぐった。

(ダメだこれは……)

邪《よこしま》な感情を自覚したサナトは、後ろ髪を引かれる思いを断《た》ち切って背を向けた。

(――って、こっちも色々まずいんだよな。しかも近い)

薄紫色の髪の少女がやはりサナトの方を向いて寝息を立てていた。

ポニーテールが解《と》かれ、流れる長髪がわずかに膨らんだ胸元にかかっている。

みずみずしい唇から、優しい寝息がサナトの首筋に届いた。

「んっ……ごしゅじんさまぁ」

「――っ」

サナトがびくりと体を強張らせた。

恐る恐る体を起こし、リリスの顔を覗き込んでほっと一息吐《つ》く。

大丈夫。寝言だ。

（し、心臓に悪い……俺のどんな夢を見ているんだ……気になる……）

探るような気持ちで、リリスを再び見つめた。

驚くほど綺麗な少女。

自分よりもステータスが高い魔人だが、あどけない寝顔は年相応のものだ。

煽情《せんじょう》的なベビードールに似た衣装《いしょう》は自分で選んだのか、店でもこうだったのか。

（あの店員はやはりあなどれなかったな。下着袋の中にこんな刺激の強い服を……）

じっと見ていると、体内の熱が高まった。

これはまずい、と感じて目をつむっても、より鮮明な映像が目の前で再生された。

サナトは足下に視線を逃がした。

（こっちはこっちで……）

白く細い膝が突き出ていた。膝頭はくすみのない薄紅色。

丈《たけ》が短いのか、寝返りを繰り返したリリスの寝間着の裾はへそ近辺までずり上がり、可愛らしいフリルのついた下着が覗いている。

（地獄《じごく》だな……）

サナトはじりじりと後ずさる。

だが、それはルーティアが許さなかった。

「ますたぁぁ」

「ひっ」

首筋に突然吹きかけられた熱い吐息に、サナトは声を漏らした。

あわてて片手で口を押さえた。

ルーティアのどことなく淫靡《いんび》な声が脳を一気にとろけさせた。

サナトはばくばくと高鳴る心臓の音を聞きながら、必死に体に力を込めて次に備《そな》えた。

しかし、続きはいくら待っても聞こえない。

サナトはいつの間にか抱き枕にされていた。視線を下ろすと、胸の前と腰に白い手足が絡みついている。

顔を上げて前を見ると、そこにあるのはリリスの艶《なま》めかしい肢体《したい》だ。

サナトは大きくゆっくりと息を吸った。

熱いものを胸の奥から無理矢理吐きだした。

（これはきつい。明日からは絶対に別の空間にして……ん？　よく考えればわざわざ泊まる必要は……無かった……よな？　《時空魔法》で迷宮の外に戻れば解決したような気が……）

今の今まで思いつかなかった事に、サナトは呆れた。

窮地《きゅうち》を作りだしたのは自分だった。

（風呂の件から完全にペースが狂ったな……毎晩これだと身が持たない。何とかしないと……）

だが、

「ごしゅじんさまぁ……すごいれす」

主人の活躍する場面を夢見ているのだろうか。

リリスの舌ったらずな可愛い寝言を耳にして、サナトは目をぱちくりさせた。

凛々《りり》しい姿からは想像できない緩み切った笑みが浮かんでいた。

「……まあ、これはこれで悪くない」

もう少しだけ《時空魔法》のことは気付かないふりをしておこう――サナトは静かに心に決めて、リリスの髪を撫でた。

第十五話　動き出す四人

サナトは最も遅れて目を覚《さ》ました。

横向きに転《ころ》がったまま、ぼうっとした時間が経過する。

いつ眠りに落ちたのか覚えていなかった。

寝返りを満足に打てなかったせいもあって背中が痛む。まぶたも重い。

(布団の合わせ目は寝心地《ねごこち》最悪だな。色々と悪くはなかったが……)

「リリス？　ルーティア？」

両隣の少女たちはいなかった。

早々に起きて出て行ったのだろう。一抹《いちまつ》の寂《さび》しさを感じた。

と同時に、ひどい破壊音《はかいおん》が一度、続けてもう一度サナトの耳に届いた。

朝から何をやっているのだ、と訝しく思いながら外に出た。

「何をやっているんだ？」

「あっ、マスター、おはよう！」

「ご主人様、おはようございます」

爽《さわ》やかな顔つきのルーティアがリリスと少し離れたところにいた。

一方、リリスは銀色のバルディッシュを手にしている。服装も活動的なものへと変わっていた。

「……リリス、ルーティア、おはよう。で、何を？」

「私の特訓です」

「リリスの特訓？」

「はい！《斧術》のスキルが上級になったので、色々と試しておこうと思いまして」

「そうなの。リリスの技すごいよ！　これぜーんぶ、リリス一人でやっちゃったんだから」

「これを？」

サナトは目の前の壁を見上げた。

バールが作った、壁に近い巨大な岩石だ。そこには、まるで巨大な竜が爪を振るったような跡《あと》が、上から下まで何本も伸びていた。

「レベルが上がったのでちょっとだけ威力が上がりました」

「……そうか。素晴らしい話だな」

目の前でにっこり微笑むリリスに、サナトは微笑み返す。

（何発撃《う》ち込んだのか知らないが、岩ごと破壊できそうな裂《さ》け目だな……どこまで強くなるのやら）

「これなら少しはご主人様のお役に立てるかと思います」

「そうだな……リリス、期待している」

「はいっ！」

（頼むから間違って俺に向けないようにしてくれよ）

そんなことを考えながら、サナトはぐるりとあたりを見回した。

「バールはどうした？」

「バールさんなら岩の反対側です。何でも朝食を用意してくれるとかで」

「……朝食？」

サナトが顔をしかめた。ゲテモノ料理が脳裏《のうり》に浮かんだ。

「うん。悪魔なのに料理できるんだって」

「となると、まったくできないのはルーティアだけだな」

「……私だってできるもん！」

肩をすくめたサナトの言葉に、ルーティアが顔を真っ赤にして反論する。

リリスが「まあまあ、ルーティアさん」と言いながら肩を叩いている。

「そんなに怒鳴《どな》らなくてもいいと思うが……ルーティアはできなくても当然だぞ」

「できるし……」

「そうか？」

サナトは首を傾げる。

「まあ、いい。とりあえずバールのところに行くぞ。まずはブリーフィングだ」

「ブリーフィング？」

「打ち合わせだ」

＊＊＊

器用に形を整《ととの》えた、テーブル代わりの岩を四人が囲む。腰かける椅子も、もちろん岩だ。

全員が座ったのを確認し、サナトが口を開いた。

「予想外のことが色々あったが、とりあえず迷宮を出ようと思う。元々リリスの腕試《うでだめ》しをするために入ったが、引き返すタイミングを逸《いっ》していただけだからな」

さっさと次の街に向かうつもりでそう伝えたが、反応は芳《かんば》しくなかった。

「……不満そうだな」

顔を見回す限り、皆心から納得しているようではない。

特に一人は露骨《ろこつ》に嫌な顔をしている。

「ルーティア、留《とど》まりたい理由があるのか？」

「まだ、一度も戦ってないし」

「何を考えているのか知らないが、迷宮を出ても戦う機会はあるだろ？」

「でも……迷宮なら敵も多いし……」

言いよどむルーティアを横目に、次の人物が口を開く。

「サナト様、私もルーティア殿の意見に賛成です。ここはさらに先に進むべきです」

「……一応聞くが、バールの理由は何だ？」

「もちろん、私の力をお見せできていないからです。強敵を前にしなければ私の有益さはご理解いただけないでしょう。地上の敵など物の数にも入りませんから、ここで戦うしかありません」

「バールの強さは十分知っているつもりだ」

「召喚されてからは一度も戦っておりません」

「まあ、それはそうだが……ではリリスは？」

戦闘を心待ちにする危うい二人に呆れ返りながら、サナトは最後の砦《とりで》の人物に水を向けた。

主人のことを一番に考えてくれるリリスなら、自分に賛成してくれるはずだ、と思いながら。

「私もご主人様が許してくださるのなら、先に進みたいです」

「……理由は？」

「レベルが上がってから一度も私の力をお見せできていませんので……お役に立てるところを少しでも見ていただきたいです」

リリスがきっぱりと告げた。全員が反対だった。

「三人の考えはよく分かったが、無駄な戦いだと思わないのか？　先に進むメリットは無いと思うのだが……」

「そんなことはございません。サナト様にとっても、しもべの力を確認できる良い機会です」

「そうそう！　マスターには何の負担《ふたん》もかけないし、魔石も見つかるかもよ！」

「……私もがんばります」

サナトは内心でため息を吐いた。

こんなことで意見が一致《いっち》するとは想像していなかった。

(三人の意見を聞いたのは俺だ……こうなっては仕方ないか。まあいざとなれば《時空魔法》で帰れるしな。好きなようにやらせるか)

「……分かった。お前たちが進みたいと言うならそうしよう」

「やった！　さすがマスター」

「ご理解いただけて何よりです」

「ありがとうございます」

反応は三者三様《さんしゃさんよう》だ。

けれど誰もが共通してうずうずしていた。

「では、先に進むと決まったようですので、私からお約束の品をお渡ししましょう」

「これが……例の？」

「はい。タイタンホエールの装備《そうび》です」

バールが空間に空《あ》けた黒い穴から、武器と防具を取りだして並べていく。

目を丸くした二人が食い入るように見つめた。

置かれたのは濃《こ》い青色の刃がついたバルディッシュ、剣士用と思《おぼ》しき白い鎧《よろい》。

そして刀身《とうしん》が純白《じゅんぱく》のサーベルと、盗賊《とうぞく》が使用しそうな動きやすさを重視した胸当てとブーツ。

いずれも白を基調《きちょう》としつつ、青い線が描かれた特徴的なものだ。

「巨大な骨と表皮を素材として作り上げられた武器と鎧です。見た目以上に軽く、属性防御も優秀です。ご要望《ようぼう》には十分応えられるかと思います」

「これがレベル50程度の人の装備なのか？」

「タイタンホエールのレベルは60超えです。探してみたのですが、50超えの者のための装備はこれしか手持ちに無かったもので、こちらに致しました。よろしかったですか？」

「もちろんだ。ちなみに、バールはそのタイタンホエールとはどこかで会ったことがあるのか？」

あれは確か、とバールが目を細めて思い出すような仕草をした。

「私が入浴の習慣を身につけてすぐに、良い湯を探していた時のことです。気に入った湯に先客として棲《す》みついていたので、さっさと追い払おうとしたのですが……愚《おろ》かにも反抗してきましたので殺したのです。なかなか耐性が優秀でしたので、素材はどこかで使えるかと考え、ストックしておりました」

「そうか……レベル60超えの鯨《くじら》を……さすがだな」

「そうでもありません。図体《ずうたい》だけの敵など相手ではありません。レベルだけで強さを測《はか》りきれないことは、サナト様も良くご存じのはず」

バールの台詞にサナトが頷いた。

「大きさは？」

「タイタンホエールですか？　そうですね……この空間にちょうど収まるくらいでしょうか」

サナトがちらりと周囲を確認した。

途方もない広さだ。四百メートルトラックすら収まるのではないかという空間だ。そのサイズの鯨を事もなげにあしらうことが可能だと言う。

目の前の悪魔はやはり異常な強さなのだろう。

「……約束よりレベルが上の物を用意してくれたということだな。助かる」

「いえ、この程度であれば」

「ルーティア、リリス、これがお前たちの装備だ。今後使ってくれ」

サナトが驚いた表情の二人に武器を渡す。

「これを私達に？」

「そうだ。ルーティアはどんな武器を使うか分からないからサーベルにしてもらったが、使いにくいなら言ってくれ。リリスは使い慣れたバルディッシュだ」

「……すごく、頑丈《がんじょう》です」

「分かるか？　今使っているバルディッシュよりは遥かに強力なはずだ。リリスの技にも耐えてくれる。もちろん装備もな」

ルーティアが恐る恐るブーツに足を通し、胸当てを身につける。そしてサーベルを腰に差し、礼を言った。

「バール、あの……ありがとう」

「礼には及びません。これは契約の品です。サナト様がお渡しになったわけで、私が渡したわけではありません」

「私のも……ありがとうございます」

続いて礼を述べたリリスに、バールがそっけなく「ええ」と答えた。

「ご主人様……どんな契約をなさったのですか？」

「大したことじゃない。バールへの情報の対価としてもらっただけだ」

不安げな表情をしたリリスに、サナトは殊更《ことさら》軽く答えた。

「では遅くなりましたが、朝食といたしましょう。クリアフライフィッシュの薄切りです」

バールが空間から大きな皿を取りだした。

薄切りという名の刺身が見事に並べられている。

二人の少女が同じタイミングで顔を近付けた。

「すごく身が綺麗！　とうめーい！」

「ほんとですね。透き通っていて……こんな料理、見たことがありません」

「バール……これが昨日のやつか？」

「はい」

サナトは目を細めてじっと刺身を見つめた。

幸い不気味な八つ目の頭は載っていないが、葉脈《ようみゃく》のような赤い線がいたるところに走っていて、食欲が見事に無くなった。

（風呂の湯に浸かっていた魚の刺身。衛生面《えいせいめん》も大丈夫か？）

サナトのそんな危惧《きぐ》に気付かず、ルーティアが早々にフォークを持つ手を伸ばした。

「マスター、早く食べよっ！　いただきまーす！　あっ、甘くて美味《おい》しい！」

「……ルーティアさん、ご主人様が先ですよ」

「あなたはとんだ礼儀《れいぎ》知らずのようですね」

「……ご、ごめんなさい。お腹空《す》いちゃって……つい……」

小さくなるルーティアを見て、サナトが嬉しそうな笑みを浮かべた。

第十六話　見せつけられる力

細い道を抜けて久しぶりにメイン通路に出た。

時間は早朝。もう少しで冒険者達が探索《たんさく》を始めるころだ。

十三階層に下りる階段の前で、サナトが考え込むように言った。

「ところで何階層まであるか知っているか？」

「さぁ？　地図は三十階層までだったよね？」

「そうだ。耳にしたところではそこが大きな壁だと聞いたが……」

「何階層でも問題ないのでは？　出てきたモンスターを殺していけば直《すぐ》に最下層にたどり着きます。何なら私が先に行って道を確保しましょうか？」

「それだとバールの力を俺に見せられないがいいのか？」

「確かに……それはいけません。では、せめて前線での露払《つゆはら》いは私が」

「いいえ。それは私がやります。バールさんは後ろで控えておいてください」

リリスが有無を言わせずに前に出た。

腰元で広がるスカートに近い形の鎧が白く輝いている。

「リリス、無理はするな」

「ご主人様……大丈夫です。見ててください」

サナトがバールに目配《めくば》せを送る。

下がれ、という意味を瞬く間に受け取ったバールが「先陣はお譲《ゆず》りしましょう」と身を退《ひ》いた。

「何かあった時のために役割を分けておいた方がいいか……」

「必要ないでしょ。今のリリスすごく強いし、最下層まで一人でいけるんじゃない？」

「ルーティア……迷宮を甘く見すぎだ。普通はパーティを組んで入る場所だぞ」

「最初はリリスで次は私、で、最後がバールの順番で階層ごとに代わっていけばいいんじゃない？　あっ、これ名案！」

「認められませんね。それでは私の出番が少なくなる可能性が高い」

「バールはもう強いって知ってるんだし」

「強いか弱いかではなく、出番の話をしているのです」

「一緒でしょ」

ルーティアが頬を膨らます。

「まったく違います」

「……お前ら……俺の話を聞け」

珍妙《ちんみょう》な順番争《あらそ》いに、サナトが眉を寄せた。

「それと余裕ぶるのはやめておけ。死んだら終わりだぞ」

「ご主人様、では私が先頭ということでよろしいですか?」

リリスが小首を傾げた。

「ああ、頼む」

やる気に満ちたリリスが意気揚々《いきようよう》と歩みを進めた。

＊＊＊

「《流虎爪《りゅうこそう》》!」

サナトの視線の先で、リリスが濃い青刃のバルディッシュを真横に振り抜いた。

暗い茶色の毛を纏《まと》う四足獣のセパレートウルフが飛翔《ひしょう》した斬撃《ざんげき》で真《ま》っ二《ぷた》つになる。

遅れて白い残光が数本、空中に溶けて消えた。

モンスターのレベルは十三階層に降りて一つ上がったが、リリスの敵ではない。

　同時に出現した三匹は瞬時に跡形《あとかた》もなくなった。

「すごいじゃないか。複数をまとめてとは……それも《斧術》の技か？」

「はいっ！　斬撃を同時に五本まで飛ばせるようになりました！」

　近付いたリリスの頭をサナトが軽く撫でた。

「なぜ『セパレート』なんだろうな」

「……あのモンスターはセパレートというのですか？」

「正確にはセパレートウルフだ」

　思案顔のリリスとサナトに、横からバールの声がかかる。

「体の中心で分裂するから、そう呼ばれているのです」

「……分裂？」

「危なくなると半身を残して、もう半身は逃げるのですよ。そしてどこかでゆっくりと再生するのです」

「……頭が一つしかないのに半分になるのか？」

「ええ、見事に分かれます。最初から切れ目が入っているかのように真っ二つに」

「バール、詳《くわ》しいな」

「魔界にもおりますので」

「うげぇ……それって中身どうなるの？」

「半身ごとに中身もそれぞれあるようですが、確認したことがありませんね」

嫌な顔をしたルーティアに、バールが淡々《たんたん》と答えた。

「……さっきのセパレートウルフは分裂しなかったな」

「分裂などする暇《ひま》も無いでしょう。一撃でしたし」

「つまり、リリスの技がすごいってことね！」

「ルーティアの言う通りだ。リリス、本当にすごい成長だな」

「あ、ありがとうございます……」

＊＊＊

「で、ここはルーティアか……」

「任《まか》せて！　最初の相手が一匹だけっていうのが気に入らないけど……マスター、見ててよっ！」

「無理するな。ルーティアは初の実戦だ」

「大丈夫、大丈夫っ！」

十四階層に降りた。

地図とマッピングの効果で道に迷うことはない。

さらに、セパレートウルフが単体でも集団でもまったく相手にならないこともあり、順調に前に進んでいる。

リリスは先頭をルーティアに譲り、足取りを弾ませてサナトの隣に並んだ。高い位置にある顔を嬉しそうに眺めている。

「じゃあ、行くよー、ワンコちゃん！」

ルーティアが肩をぐるぐると回してサーベルを抜いた。

多少剣を扱った経験のあるサナトからしてみれば非常に怖い動きだ。

抜刀《ばっとう》から構えただけで素人《しろうと》とはっきり分かった。脇《わき》が大きく開いている。

「やぁーーっ！　って、えぇっ、避《よ》けたっ⁉」

「……避けるに決まってるだろ」

呆れ果てたサナトは思わず天を仰いだ。

次の動きをまったく考えない全力の振りおろしは想像以上だった。

名刀も地面にぶつけられてはたまったものではないだろう。

立派な装備に身を包み、輝く白刃は見事。だが使い手は比べるべくもない素人だ。

サイドステップでかわした狼《おおかみ》がこれはチャンスとばかりに頭突《ずつ》きを繰り出した。

「……うぇっ」

「ルーティア、大丈夫かっ⁉」

「私が行きますっ！」

《光輝の盾》を使用しかけたサナトの隣から、瞬発力を活《い》かしたリリスが飛ぶように向かった。

ルーティアに噛《か》みつこうとしたセパレートウルフを真横から鋭《するど》く蹴《け》りとばし、瞬く間に追いかけて首を落とした。

サナトが慌てて駆けつけ、撥《は》ね飛ばされて砂利《じゃり》まみれになったルーティアを優しく起こした。

「だから気を付けろと言っただろ。大丈夫か？」

「……大丈夫」

ルーティアが決まり悪そうな顔でぽつりと言った。

のんびり歩いてきたバールが、二人を見下《みお》ろす位置まで近付いて嫌らしく嗤《わら》う。

「あれだけ威勢《いせい》よく啖呵《たんか》を切ったのに雑魚《ざこ》に良いようにやられるとは。なんと見事な体当たり。隙を突いたセパレートウルフが喝采《かっさい》ものでした」

「バール、うっさいっ！」

ルーティアが恨めし気《げ》に睨みつけた。

「素晴らしい道化《どうけ》っぷり。このバール、感服《かんぷく》いたしました」

「うっさい、うっさいっ！　あっち行って！　あんた性格悪すぎっ！」

「バールさん……言いすぎです。無事で良かったのに……」

三人の何とも言えないやり取りを、サナトはぼんやりと眺める。

「とにかくケガがなくて良かった」

「……ほんとに？」

「嘘をついてどうなる？　本当だ」

ルーティアが埃《ほこり》を払いながら、ゆっくりと立ち上がった。

「やはりルーティアは戦闘向きの力は無さそうだな。《神格眼》でステータスだけでも視《み》られれば良かったのだが……」

「……戦えるだろうなぁって、なんとなく思ってたんだけど」

「それはまた……すごく向こう見ずな自信だな」

もう諦めたらどうだ、と口を開きかけたサナトを制するように、ルーティアが迷宮の奥を見つめた。

引き結ばれた口元に強い意志が滲《にじ》む。

「次は大丈夫っ！　他の手があるから！」

「次は大ケガをするかもしれないぞ？　やめておいた方が……」

「ううん、やる！　マスターもバール相手に諦めなかったでしょ？　私もワンコ一匹倒せなくてどうするのって感じだし！」

「そうか……リリス、どう思う？」

「……やらせてあげてください」

訴えかけるようなリリスの視線は、ルーティアの言葉を後押ししていた。

「分かった」

何か事情があるのだろう。サナトはそう言って立ち上がった。

「私がやった方が、百倍早いと思いますがね」

バールが面白いものを見るような瞳で嘲笑《ちょうしょう》した。

第十七話　本気も本気

「来た来た来た！　ほんと焦《じ》らすんだから。待ちわびたよ」

「いや……危険じゃないか？　さすがに三匹はまずいだろ」

「良かったじゃないですか。同時に四肢《しし》を噛《か》み千切《ちぎ》られても片腕か片足は残りますね」

「……バールさん、想像が怖すぎます」

鼻息荒く進むルーティアに二人の会話は聞こえていない。

視線はセパレートウルフに固定されて微動《びどう》だにしない。

「次はこれっ」

張り切る背中はどこか危うい。

サナトはいつでも援護《えんご》できるように体勢を整える。

ルーティアが片手を敵に突き出した。目をつむり、何かを念ずる。

すると、突如巨大な光の円が地面に浮かび上がった。小さい輪の外に大きな輪。奇怪な形の文字が描かれた両輪は、それぞれ逆方向に回転を始める。

淡い光がエリアに満ち、風音や敵の唸り声といった一切の音が消えた。

まるでどこかの神殿にいるかのような感覚。

ルーティアがにやりと口角を上げ、凛《りん》とした声で言い放った。

「《滅殺《めっさつ》の光》」

溢れんばかりの光の奔流《ほんりゅう》が指先から放たれた。

まばゆい閃光《せんこう》が爆発《ばくはつ》的に場を覆い尽くし、三匹のセパレートウルフが塵《ちり》となった。

＊＊＊

ぼやけた視界がようやく収まり、サナトがルーティアに尋ねた。

「今のは何だ？」

「《滅殺の光》って言ったでしょ？」

「その魔法は確か《浄化》スキルの中にあるやつだろ。だいぶ前に俺が失敗した魔法だ。《解析》できなかったんじゃなかったのか？　それともできるようになったのか？」

「……え？　そう言われてみれば……あっ、《解析》できない……なんで？」

「名称しか言わなかったから呪文を消したと思ったが、自分で理解できていないのか？」

「うん……」

「だいたい《滅殺の光》は消費ＭＰが56だ。《解析》を使用しなければ俺でも最大ＭＰが足りないから使えないいんだぞ。それをなぜ使える？　どうして使えると思ったんだ？」

「そんな急に聞かれても……うーん……なんとなく」

「なんとなく？　それがさっき言ってた他の手か？　なんとなくでやるつもりだったのか!?」

　サナトがあんぐりと口を開けた。

「そんなに興奮《こうふん》しなくても」

「違う！　あやふやな自信で危険を冒《おか》したのかと聞いているんだっ！　って人の話を聞けっ！」

　頭に血を上らせたサナトを無視し、ルーティアはリリスに駆け寄った。「今の魔法どうだった？」と満面の笑みで問いかけている。

（あいつ……人が心配しているのに何を浮かれているんだか……だが、なぜルーティアが俺の使えない魔法を使える？　俺のスキルである以上は、ステータスも使える技も同じだと思っていたんだが……違うのか？）

サナトは飛び回って「やった、やった」と喜ぶルーティアを眺めながら考えをめぐらす。

（この現象を説明できれば……いや、理解できそうなやつが一人いるな……）

ぐるりと首を回す。

規格外の強さで、ずる賢く、綺麗好きで毒舌の悪魔を探した。

「あれ？　バールはどこだ？」

サナトはもう一度ゆっくり周囲を見回した。しかし影も形も無い。

手を取り合っていた二人の少女がぱたぱたと走ってきた。

「バール？　ほんとだ。いない……」

「さっきまでご主人様の後ろにいたと思いましたけど」

「私の魔法に恐れをなして魔界に帰ったんじゃない？」

胸を張るルーティアにサナトが冷めた視線を送る。

「どう考えてもそんなタマじゃない」

キョロキョロと悪魔を探す三人。

最初に気付いたのはサナトだった。

（……これは、新しい情報か？）

突然、マップを透過《とうか》して重ねていた視界が切り替わった。

まるで高い位置から自分を見下ろしているかのような映像だ。そこには、《テレポート》のゲートがサナトの後方に描かれている。

（これは……前兆か。移動してくるやつの位置。《神格眼》に増えた《時空把握《はあく》》の機能か。問答無用《もんどうむよう》で切り替えられると酔いそうだが）

再び視界が戻り、サナトは体ごと振り向く。

すると、予想通りぐにゃりと空間が渦を巻いた。

瞬く間に黒いゲートがぽっかりと口を開き、中からスーツ姿の赤髪の悪魔が姿を現した。

「どこに行ってたんだ？」

「……不本意ながら、少々身の危険を感じたもので」

バールがばつの悪そうな顔でため息を吐いた。常に飄々と毒舌を吐く悪魔には珍しい表情だ。

ルーティアがここぞとばかりに、にんまりと笑う。

「やっぱり私の魔法が怖かったってことね。《テレポート》を使って逃げたってことでしょ」

「……何とでも言ってくださって結構」

「道化みたいだ、とか言ってたのに。バールの方がよっぽどじゃない」

「意外と根に持っていらっしゃる……今の魔法は何なのですか？」

「あっ、話変えたでしょ？　そんなところはマスターとそっくりなんだから」

「……おい、誰がそっくりだと？」

真顔で突っ込んだサナトをルーティアは見事にスルーした。

そして腰に手を当てて自信に満ちた顔で告げた。

《滅殺の光》よ」

「名前は聞きました。効果は？」

「効果？　うーんとねー……説明は、魔に属する者を滅《めっ》する……だって」

「魔に属する者を……なるほど。なかなかユニークな魔法です」

「すごいでしょ？　バールの感想は？」

「……何も考えていないルーティア殿にふさわしい魔法ですね」

どういう意味よ、と首を傾げたルーティアにバールは答えなかった。

サナトはやり取りを反芻《はんすう》して、バールの行動の理由を推測する。

「バールは《滅殺の光》に何かを感じたと。ダメージがあると思ったってことでいいのか？」

「もっとおぞましいものです……それにサナト様のスキルで召喚されているので、お味方の攻撃でダメージは受けません」

「え？　そうなのか？」

「はい。《悪魔召喚》の私、パーティに含まれるリリス殿、そしてルーティア殿もサナト様のスキルなのでこれに含まれるでしょう」

「つまり、俺達四人の間では魔法の効果は無いと？」

「一言で言えば、ダメージを受けることがなくなります」

「例えば俺の魔法でリリスがダメージをくらうようなことはないのか？」

「ありません」

サナトはぐっと腕を組んだ。

ダンジョンシザーのモンスター部屋で使った魔法を思い出す。

（つまり味方への誤爆《ごばく》は無いと。形状を花火にした《ファイヤーボール》……いや、確か《フレアバースト》と言ったか。あの時は自分達も巻き添えを喰《く》うと思って《光輝の盾》を張ったが、必要なかったのか）

バールがおやっと目を眇《すが》めた。

「そのご様子ではサナト様は味方に魔法を放ったことが無いのですか？」

「あるわけないだろ。理由が無い」

「なるほど……ではあまり魔法の実験もしておられないと……」

「実験？」

「……いえ、今はまだ良いでしょう」

「珍しく歯切れが悪いな」

サナトの皮肉に悪魔がゆったりとお辞儀《じぎ》を返した。

これ以上語るつもりはないらしい。

「どうでもいいけど、さっさと次に進もうよ。他にも色々魔法使ってみたいし」

「……では、私はしばらくサナト様の後方をお守りすることにしましょう」

「バールさん、すごく離れてます」

かなり距離を取ったバールに、リリスは歯に衣を着せない言葉を放つ。

指摘された悪魔は顔を大きく歪めた。

第十八話　深部《しんぶ》へ進め

十五階層へ続く階段を降りた。

バールが肩を鳴らして前に出た。

さっきの失態《しったい》を挽回しようと考えているのか、背中には不気味さとやる気が満ちている。

「ようやく出番ですか。こんなに待ちわびたのは初めてです。ルーティア殿の実験に付き合わされるのはもうこりごりですね。下に降りるだけでどれほど時間を浪費《ろうひ》するのやら」

「仕方ないでしょ。私だって魔法使うのは初めてだったんだから……」

「暇過ぎてタイタンホエールのサーベルが泣いているでしょう」

「むぅ……一回使ったし、そんなことないもん」

ルーティアの返事にわざとらしく肩をすくめたバールは、指を鳴らして先に進む。

足取りにまるで迷いが無い。何が出てこようと自分の敵ではないという余裕が溢れていた。

「バール、下への階段の場所が分かるのか？」

「何となく、ですが。魔力の濃さである程度は判別可能です」

「すごいな」

「犬みたいですね」

「……リリス殿、もう少し言い方を考えていただきたい。せめて、さすが第一級悪魔ですね、とかではないですか？」

「す、すみません」

素早い返しに小さくなるリリスの頭を、サナトが「気にするな」と撫でた。

「で、どうやって力を見せてくれるんだ？　魔法か？　体術か？　俺と戦った時は武器を使ってなかったよな？」

「大抵の武器は私の体より弱いもので。近接攻撃も派手《はで》さが無いので、ここは魔法と行きましょう」

「魔法か……洞窟《どうくつ》の階層ごと吹き飛ばす魔法とかじゃないだろうな」

「さすがにそれは致しません。まあ一度ご覧ください」

バールがほくそ笑む。

口角が見事にぐっと上がっている。

「《這《は》い寄る闇の手》」

洞窟内にしんと静けさが舞い降りた。

バールの足下で、ごぼりと音を立てて何かが生まれた。その何かが小さく破裂《はれつ》した。

寄せては引くさざ波のような音を立てながら、みるみるうちに黒い液体が薄く広がる。

たちまち足下を覆う闇にリリスが恐る恐る足踏みをする。

「なんだこの魔法は？」

サナトは声が震えないよう慎重に問いかける。

バールがくつくつと笑って答えた。

「《闇魔法》による強制的な招待状です」

「どういう意味だ？」

「この広がる闇に触れた者は、魔界の最深部に落ちるのです。地形を把握する意味もありますが、即座にこの世界から葬《ほうむ》ることが可能な魔法という意味で、非常に使い勝手が良いのです」

「最深部に落ちるだと？」

「はい。とある悪魔の住処《すみか》にね……くくく」

バールの横顔は狂気を孕《はら》んでいた。

サナトが得体の知れない悪魔の姿を想像した時だ——

「なんだこれっ⁉」

「きゃぁぁぁっ！」

数人の男女の悲鳴が洞窟の奥深くに鳴り響いた。

サナトが「まさか」と顔を上げた時、

「今回は人間を対象から外しています」

バールが機先を制して答えた。そして続ける。

「引きずり込まれるのはモンスターのみです。人間には無害です。足下が見えなくなる程度の効果しかありません。ご安心を。サナト様の御不興《ごふきょう》を自《みずか》ら買うような愚かな真似は致しません」

鼻高々のバールが自信に満ちた声で言う。

「この階層のモンスターはすべて落ちました。下への階段も発見いたしました。では参りましょう」

「……もう終わったのか？」

「はい。落ちた者は悲惨《ひさん》な目に遭《あ》っていることでしょう」

瞬く間に仕事を終えたバールが楽しそうに目を細めた。

＊＊＊

すれ違う冒険者は誰もがレベル20手前だ。

敵は複数で現れることもあるので、適正レベルはそのあたりなのだろう。

「所々刺さっているあの金属製の棒は何だろうな。頭に小さな宝石みたいなものがついているあれだ」

サナトは迷宮の岩の陰に存在するペグ――大きな釘《くぎ》のようなもの――を指差した。

真っ先に気付いたリリスが答える。

「あれは《移動魔法》用の目印だと思います」

「知っているのか？」

「はい。冒険者の方が一気に階層をワープするために打ち込んでおくものです。《移動魔法》を使う場合に目印にして飛ぶそうです」

控えめに語るリリスを横目に、バールが頷いた。

「リリス殿のおっしゃる通りです。あれは《時空魔法》を簡略化《かんりゃくか》した簡易移動魔法用の楔《くさび》でしょう。自分と魔力を込めた楔を結んで飛ぶ仕組みですね」

「お前の《時空魔法》とは違うのか？」

「まったく異なるものです。私の《時空魔法》は行ったことがある場所ならば思い描くだけで先を自由に決められます。多少のズレはありますがね。迷宮でしか使えず、行き先に事前の楔を要する《移動魔法》とは仕組みの根幹《こんかん》が違います」

「よく冒険者が迷宮の入口で消えていたが、あれは？」

「使った者が人間ならば間違いなく《移動魔法》でしょう。《時空魔法》は高位の悪魔のみが使用するものですから」

バールが腕組みをして笑う。

サナトは小さく唸った。

「なるほど。いつかは使ってみたいと思っていた魔法だったが、気付いた時にはもっと高度な魔法を使っていたと……」

「ご主人様はすごいですから当然だと思います」

「私を殺したサナト様であれば使用する力は十分に備えているかと」

「あっ、マスター、大きな蜂《はち》が出てきたよ」

サナトを持ち上げるリリスと誇らしげに胸を張るバールをよそに、ルーティアが平坦《へいたん》な声で敵の来訪を告げた。

と、同時に一発の炎弾が空中を駆けた。当然のごとく命中し、爆《は》ぜるように燃え上がり塵と消えた。

「デスホーネット、レベル14……やはり《ファイヤーボール》一発で死ぬか」

サナトは魔法を放った片手を見つめる。

(俺の魔法は明らかに異常だが、それでもバールクラスの相手では分《ぶ》が悪い。さらに強くなるにはどうすればいいだろう)

考え込むサナトをバールが静かに見つめた。

＊＊＊

十八階層までは、レベル14のデスホーネットしか現れなかった。

途中でレベル18のレアモンスターの個体も出現したが、リリスの一刀であっさりと消滅《しょうめつ》した。

「で、十九階層だが……今までのルールなら敵がまた変わると思っていたのだが……」

「先ほどから一匹も出てきませんね」

「ひま……」

大きなあくびを噛み殺したルーティアが眠そうに目をこする。

対照的に、バールは神妙《しんみょう》な顔つきでじっとあたりを見回している。

「確かにモンスターの気配は無いですね。魔力は徐々に濃くなっていますが……これはたぶん……」

「何か心当たりがあるのか？」

「この階層か下に、強いモンスターがいるのでしょう」

「……強敵ですか？」

「強敵っ⁉　やった！」

リリスが瞳に緊張感を漂わせ、ルーティアは覚醒《かくせい》したかのごとく目を見開いた。

サナトが苦笑しながら肩を回した。

「そういえば迷宮にはボスがいると聞いたな」

「あっ、私もそれは聞いたことがあります。特定の階層に居座《いすわ》るようにいるんですよね？」

「そうらしいとしか言えないが、次は二十階層だからな。確かにキリはいい数字だ」

「ボスモンスターってことは、レアアイテムとか落とすんじゃない？　それともおっきな魔石とか？」

「二十階層くらいなら到達している冒険者は多いだろうから期待薄だな」

「ええ、つまんない。でも、敵は強いんだよね？」

「バールの予想ではそのはずだがな」

「いえ、どうやら当たりのようですね。あの大きな扉がボスモンスターの部屋の入口ということでしょう」

結局、敵と遭遇《そうぐう》せず二十階層にたどり着いた。

階段を降りて直線の通路を進むと、開《ひら》けた空間があった。奥には巨大な両開きの扉。見た目から頑丈そうなものだと分かる。

手前のスペースには、様々な冒険者パーティが居座っている。

落ち着いて武器を磨く熟練者が半分、緊張感を顔に浮かべる若い冒険者が半分といったところだろうか。

サナトがぐるりと視線を巡らせた。

「《移動魔法》用に刺された棒が多いな。ここを起点にしているやつが多いのか。今いるのは、さしずめ部屋に入る順番待ちをしている者といったところか」

「もちろん私達も待つんでしょ？　ここで帰るとか有りえないし」

「私が順番待ちは無意味だと教えてきましょう。みな、すぐに喜んで譲ってくれるでしょう」

「……バールさん、血の気《け》が多すぎます」

第十九話　ボス戦

とあるパーティの集団に礼を述べて、サナトは三人のもとに戻った。

「少し聞いてみたが、ボスは丸い形をしているらしい」

「丸いやつ？　スライムとか？」

「実のところ、聞いたやつがこの先に進めずに苛《いら》ついていたみたいで、あまり詳しく教えてもらえなかったんだ……空中に浮いているそうだからアイボールかもしれん」

「アイボールと言えば、不気味な光で混乱を誘うモンスターですよね？」

「リリス、よく知っているな。俺はギルドで貸出用の図鑑《ずかん》を見ていた時に知ったのだが……どこかで実物を見たことがあるのか？」

「いえ……奴隷になった頃、向かいの部屋に小さなアイボールが閉じ込められていたので」

「……向かいの部屋？」

「見世物《みせもの》にされるモンスターの小屋だったんですけど、魔人の私は最初そっち側で……あとで奴隷部屋に移されたんです」

「そ、そうか……なかなかつらい経験だな」

「いえ、そんなことは……今は、それで良かったと思っていますし……」

「……どういう意味だ？」

首を傾げたサナトの前で、リリスが何かを言おうとして口を開いた。

だが言葉は腕組みをして立つバールの一言によって遮《さえぎ》られる。

「どうやら私たちの出番ですね」

バールの視線の先で、意気揚々と部屋に入室した五人組のパーティが倒れていた。場所はちょうど門の正面《しょうめん》だ。

前衛《ぜんえい》の鎧は焼け焦《こ》げたように変色し、魔法使いと思しき女性のローブはいたるところが穴だらけだ。リーダーらしき男の剣は中心で見事に折れている。

不思議と大ケガは無いが、惨憺《さんたん》たる有様《ありさま》とはこの事だろう。

バールがそれらを一瞥《いちべつ》して、にぃっと笑う。

「誰か死ぬと部屋の外に放り出されるのですかね？　蘇生アイテムがあったから助かったのか、それともボスモンスターの部屋では死なないようになっているのか……いずれにせよ、敵を殺さなければ先に進めないということでしょう」

「あんた、嬉しそうね」

ルーティアが流暢《りゅうちょう》に話すバールにジト目を向けた。

「当然でしょう。高揚《こうよう》しませんか？　私はどんな強敵が出て来るのかとわくわくしております」

「バールさんの相手にはならないと思いますけど……」

「俺もリリスの意見に賛成だ」

「わくわくするのは勝手だけど、順番は私だからね。二十階層の担当は私。あんたは見てるだけよ」

ルーティアがびしっと指先をつきつけた。

バールが明らかに狼狽《ろうばい》して、しどろもどろに言う。

「そ、そんな……いや……ですがここはボスモンスターの部屋。通常のルールは適用されないはず」

「それはあんたのルールでしょ。勝手に決めないで。今まで通りのルールでやるんだから」

「あの、私……十九階層で一度も戦ってないです」

順番争いを再び始めた三人に、部屋への入室を待つ冒険者たちの厳しい視線が向けられる。

サナトはローブを翻《ひるがえ》して背を向けると、声に力を込めて告げた。

「いいから、行くぞ」

＊＊＊

モンスターは部屋の中央に浮いていた。

見た目はスライムのようだ。

核《かく》を包む体は黒みがかった透明。中心の核は輝くように紅《あか》い。

相対すると、誰もが赤黒い丸型の敵と認識する。さらに、体表面を覆う流動する赤紫色の靄を見て、不定形のモンスターだと確信する。

しかし、それは大きな誤りであった。

透明の素材は驚くほどに頑丈で、剣を振り下ろせばいとも簡単に弾き返される。また、靄に触れれば高温の熱によって鎧が溶け、ローブは燃え上がる。

――ウィルオウィスプ。

魔界の鬼火《おにび》と呼ばれるモンスターは、今日も自分の部屋を荒《あ》らしにくる冒険者達を、一人も通していなかった。

体の頑強《がんきょう》さと高度な《火魔法》。加えて核が発する赤い光には弱い幻惑《げんわく》効果がある。

近接でも遠距離でも冒険者を寄せ付けないバランスの取れたタイプだ。

そのウィルオウィスプがこの部屋には同時に二体出現する。

入口に対し同じ大きさの個体が縦に並ぶことで、一体だと誤認《ごにん》させるという手も心得ている。

セオリーに従うなら、火耐性のある装備を身につけて一体を足止めしつつ、もう一体を遠距離からの強力な《水魔法》で狙撃《そげき》して倒すべきだ。

しかし、同レベル帯の冒険者では鬼火のＨＰを瞬時に削るような魔法を用意できないことが大半だ。

それゆえに、わずかな意志を持つ彼らは広い空間に入室してきた四人に何の恐れも抱いていなかった。

普通よりも少人数。しかも入室したあとも隊列を組まない。その場で突っ立ってのんきに会話をしている。

言葉は理解できずとも、侵入者たちが笑い声をあげたことは理解できた。

どうやら我々の強さを知らない馬鹿どもか——

あまりの緊張感のなさに苛立つ。甘くみられることは不愉快の極《きわ》みだった。

どうしてくれよう。ウィルオウィスプは様々な攻撃手段を順に思い浮かべた。

あえて接近戦に持ち込み、強靭《きょうじん》な体ですべての武器を受け止めて、驚く人間たちの顔を眺めてから、じわじわと焼き殺そう。

方法が決まった。鬼火は隊列を崩さないように注意しながらそろりと移動を開始した。

すると、最も小さな少女の顔が感づいたように振り向いた。

そして、ウィルオウィスプの一体目の意識は、突然目の前に移動してきた少女が自分に向かって武器を振り下ろす映像を最後に途絶《とだ》えた。

続いて、仲間が消滅したことに遅れて気付いた二体目は、己の真下に神聖な二重円が光り輝く景色を捉えて事切《こときれ》れた。

こうして、二十階層の双子《ふたご》の鬼火は新たな通過者を生み出した。

＊＊＊

「お……おおっ……」

目の前で光の粒子《りゅうし》に還《かえ》るウィルオウィスプを見て、サナトは声にならない声を上げた。純粋《じゅんすい》な感動には程遠《ほどとお》い、やるせなさを耐えている顔だ。

リリスが上目づかいで近付いた。ちょっぴり誇らしげな態度は自信がついてきた証拠《しょうこ》であった。

「ご主人様、どうでしたか？」

「……あれが《牙断》という技か？」

「はい！　一時的に力と瞬発力を上げて敵に近付いて斬《き》る技です。なんとか一撃で仕留《しと》めることができました」

「そうだな……本当にあっと言う間で言うことはない。まさに一瞬……」

「ありがとうございます！」

にっこりと微笑んだリリスの隣に、もう一人の少女が並び立つ。

こちらもまったく同じ表情をしている。

「私の《滅殺の光》はどうだった？　リリスに当たらないように、小さく範囲を絞ってみたの。うまく加減できたと思うんだけど。いくらダメージが無くても当たっちゃうと嫌だしね」

「素晴らしい速度の魔法だった。ウィルオウィスプもおそらく気付いてなかっただろう……しかも一撃だ……あの時間では速すぎて何もできない」

「うん！　やっぱりこの魔法すごいよね！　敵を置き去りにする魔法って感じ」

「……確かに……味方も置き去りにして……」

「ん？　何か言った？」

「いや……味方に恵まれて嬉しいな、と」

「えへへ。ありがと」

無邪気に喜ぶルーティアの頭をサナトはゆっくり撫でた。

不公平にならないようリリスの頭も優しく撫でる。

（ボスモンスターが一秒で消えたぞ……使えそうな《幻惑魔法》を持っていたのに……なんてこった。さすがに《複写》はできん。それもこれも予想していた順番争いが無くなったからで――）

恨めしさを込めて右後ろに視線を向けた。

そこではバールが気《け》だるげな表情で爪を磨いている。

片手にはいつの間にか小さなやすりを握り、軽く動かしてはふぅっと息を吹きかけて、削りかすを飛ばしている。

ボスモンスターに熱意を燃やしていた悪魔には見えない。

「バール……終わったが良かったのか？」

サナトの問いに肩をすくめたバールが嘆息《たんそく》した。

「見た瞬間に根こそぎやる気を奪われました。まさかただの鬼火とは。亜種《あしゅ》でも希少種《きしょうしゅ》でもないただの鬼火……肩透《かたす》かしもいいところです」

「イメージと違いすぎたと？」

「部屋に入る前に、散々《さんざん》な人間達を見ましたからね。あれがまた私の期待を高めてくれたようで」

ため息を吐いたバールをルーティアが睨みつけた。

気分を害された、と顔に書いてある。

「私たちの戦いにいちゃもんをつけるわけ？」

「まさか。お二人の戦いは素晴らしいものです。技の威力、魔法の威力。十分すぎるほどに強力でした……あの小物にはね」

「むぅっ」

「ルーティアさん！　バールさんはこういう人ですから、もうやめときましょう」

突っかかりかけた少女をリリスが止めた。その顔は苦笑いだ。

サナトも釣られて苦笑した。

第二十話　快進撃

二十階層はボスモンスターの部屋だけだった。

奥の扉が厳《いか》めしい音を立てて開くと、その先に地下に降りる階段が現れた。

段差に足をかけようとしたサナトは、後ろ髪を引かれる思いで振り返った。

「もう一度戦うことはできないのか？」

「ボスモンスターは倒されると、復活に一日はかかると聞いたことがあります」

「となると……さっき門の前で待っていた冒険者はずっと待ちぼうけになるぞ」

「さすがに、部屋の前に私たちが現れないので突破《とっぱ》したことに気付くでしょう。全滅《ぜんめつ》すれば先ほどの人間達のようになるのですから」

「それもそうか……」

薄暗い階段を降りた。細く長い。降りた先に小さな岩の扉があった。

リリスが軽々と片手で押し開けた。

そして、バール以外の三人が目を見開いた。

「これはっ……」

「すごーいっ！　きれーい！」

「迷宮にこんな場所があるんですね……」

目の前には緑豊かな草原が広がっていた。吹き流れる柔らかい風、深緑の匂い。迷宮を照《て》らす光ではなく、太陽光に似た暖かい日差しが燦燦《さんさん》と降り注いでいる。

足を踏み出すと背丈《せたけ》の低い雑草がくしゃりと音を立てた。

「幻覚魔法みたいなものかとも思ったが、本物っぽいな。ここだけ別世界みたいだ」

「さっきまでと全然違うじゃん。もうここに住めそうなくらい良い場所！　池まである！」

「迷宮って薄暗い場所ばかりだと思ってました」

リリスがしゃがんで地面に手を当てた。慈《いつく》しむようにして、白い花の花弁をつついている。ほうっとため息を吐いた。

「いい香りがします」

「確かに……風景も雰囲気もがらりと変わったな」

「でも迷宮の中には間違いないんだよねー」

「マッピングでは確かにさっきの部屋の真下か？」

サナトが首を回して尋ねた。

ルーティアが瞑想するように目を閉じた。

「うん。迷宮の二十一階層なのは間違いないみたい」

「不思議な現象だな。ところで、バール、敵の気配はどうだ？　ん？　どうした？」

話を振られたバールは苦々《にがにが》しげな表情を浮かべていた。視線の先では小鳥が軽《かろ》やかに高い鳴き声を上げている。

「鳥が嫌いなのか？」

「生き物はどうでもいいのですが、争いの気配を微塵《みじん》も感じない空気が好きになれないだけです」

「……さすが悪魔だな」

「お褒めにあずかり光栄です」

「褒めてないが……で、敵の気配は？」

「皆無《かいむ》です」

「ならさっさと先に進むか。なぜかこのエリアもマップは狭いようだしな」

一行はモンスターと遭遇せずに、さらに階段を降りた。

＊＊＊

「敵のレベルが急に上がったが……まあ、それほど変わらないか」

嘆息するサナトの前に一匹の巨大なカエルが、どしんどしんと音を立てて近付いた。緑あふれる大地に、三本指の異形《いぎょう》の足跡が深く刻まれていく。

目に痛い黄色の体に黒い縞模様《しまもよう》。スズメバチの腹部のようだ。視点のあわない濁《にご》った灰色の瞳が四人を捕捉《ほそく》してぎょろりと動く。

ルーティアが後ずさった。

「やっと出てきたけど……うわぁ、近付きたくない。なんで口の端からベロが垂《た》れ下がってるわけ？　あんな長いの食べる時に邪魔でしょ」

「ちょっと大きすぎて気持ち悪いですね。ぬめぬめ光ってますし……」

「あの口に丸呑みされたら最悪かも。……ん？　リリス、あそこ見て！　なんか頭に本みたいなの載ってる！」

ルーティアが驚いた顔で、カエルの頭上を指さした。

三人全員が視線を向けた。

「あっ、ほんとですね……どうして本を？　分厚い本がよく頭から落ちませんね……」

「魔界では読書蛙とも呼ばれるエンシェントトードです。あの本には今まで目にしてきた魔法が自動的に記録されているとかいないとか。まあ意味不明な言語で書かれていて読めないそうですが、奪い取られると所構わず溶解液《ようかいえき》を噴射《ふんしゃ》するらしいですよ」

「え？　溶解液とかますますヤだ。でも文字を使うなんて意外と賢《かしこ》いカエルなんだ……すごい」

「ルーティア殿よりずっと賢いでしょう。語彙《ごい》が豊富な蛙なのです」

「あんた、いっつも一言多いよね」

ルーティアが険悪な目つきで睨みつける。

リリスが視線を遮るように素早く割って入って両手を広げた。

「突っかかっちゃダメですって！　二十六階層の担当はルーティアさんなんですから、バールさんよりカエルさんに集中してください！」

「そうです。さっさと私の担当の階層に進みたいのですから、余計なことに気を取られないでいただきたい」

「あんたねっ！」

今にもバールに飛び掛からんとするルーティアを、リリスが必死に止めた。

体は一回り小さいが、力は遥かに上なのだろう。腰に回した細腕はがっちりとして動かない。

そんな時だ。

三人の頭上を真っ赤に燃える炎弾が唸りを上げて通り抜けた。

誰かが「あっ」と口にした瞬間、炎の塊が巨大な蛙の腹部にぶち当たった。そこは体表面で唯一白い皮膚。

表面のぬめりは消火の役には立たないようだ。腹に穴を空《あ》けられたエンシェントトードはもだえ苦しみながらも一気に燃え上がり、塵と消えた。

「レベル19と言ってもこの程度か。魔防46で防げるとは思わなかったが」

「マ、マスター？」

リリスに抱きしめられる形のルーティアが、ぽかんと口を開けてサナトを見つめる。

「どうした？」

「《ファイヤーボール》使った……よね？」

「使ったぞ。《水魔法》と《毒攻撃》以外に大したスキルも持ってないしな。お前たちがもめている間に何かあっては遅い。ここは迷宮だ。さっさと殺すに限る」

「……で、でもこの階層は私の担当で――」

「いい加減にしておけ。最優先は『安全』だぞ」

サナトが憤《いきどお》りを抑えた声で言う。

ルーティアがごくりと空気を呑み込んだ。

「分かった……でも、残りは任せて。もうケンカしないから」

「それは構わないが、少し気付くのが遅かった」

「……？」

「そこの角を右に曲《ま》がれば二十七階層への階段だ。残念だったな」

「えぇーっ！　もう着いたのっ⁉」

「時間の浪費とはまさにこのことです」

ショックを受けたルーティアをバールが楽しげに見つめた。

＊＊＊

「またこのパターンか。そう言えば三十階層も近いしな」

「……二十九階層は一匹も出てきませんね。前の階層はあんなにいたのに。思い出すだけでちょっと気持ち悪いです」

「さきほどは鬼火でしたが、次は本当の強敵のはず。運の良いことに三十階層は私の担当ですから、腕が鳴ります」

「……足の爪でも切っとけば？　私が代わるけど。さっき全然戦えてないし」

「まさか。私は譲りませんよ。せっかくの楽しみを邪魔されてはかなわない」

ルーティアの皮肉をバールが鼻であしらった。

「お前ら、譲り合いはどうでもいいが、もう三十階層に出るぞ。って、人が多いな……」

「本当ですね。以前のボスモンスターの部屋の前よりずっと多いです」

リリスが「わぁっ」と感嘆《かんたん》の声を上げた。

空間はドーム型で天井が高く広大だった。

冒険者の数も多い。あちこちから話し声が聞こえ、雑多《ざった》な雰囲気が漂う。

壁の両側に沿《そ》って、様々な店が立ち並んでいた。

焼いた肉の匂いを漂わせる店、軒先《のきさき》に珍しい形の剣を雑然《ざつぜん》と並べた武器屋。

店を放っぽりだし、中央付近で輪を組んで座っているパーティに、怪しい薬を売りつけようとする商人。

どの店にも看板がないためにどんな店か分かりづらいが、迷宮で活動する冒険者たちを目当てにして集まっていることは間違いないようだ。

サナトが「なるほどな」と感心したように言った。

「ギルドの地図が三十階層までしかない理由がこれか。人が集まるのも分かるな」

「……どういうこと？」

ルーティアがきょとんと首を傾げた。

「ここのボスをほとんどの冒険者が倒せないから、先に進む人数が圧倒的に減るんだと思う。だから地図が無い。ボスのレベルは20中盤《ちゅうばん》のはずだが、数が多いのか、冒険者が不利になる何かがあるのか」

「ご主人様、なぜそれがこの人の数に繋がるのですか？」

リリスが尋ねる。

「倒せないということは行き止まりになるということだ。必然的にそこには人間が屯《たむろ》することになる。世間体を守りたいだけのパーティもいるだろうし、全員が真剣にボスの撃破《げきは》を考えるわけでもないから、こんなふうにたまり場になるのだろう」

「なるほど……」

「人間の多くは、レベル30を超えれば強者と呼ばれるそうですからね。……では、私たちは悠々《ゆうゆう》と進ませていただくことにしましょう」

「待て、バール。一応、情報を集めてくる」

私も行きます、と即座に反応したリリスを、サナトは制して歩き出した。

三人に伝えたのは嘘ではなかった。情報を集めるのも目的の一つだ。だが、本当の目的は別にある。

サナトがアイテムボックスの中身を確認する。

とある予備武器と、道中に拾ったビー玉サイズの魔石を手前に置き直す。岩陰に挟まっていれば誰の目にもつかない茶色の魔石だが、このサイズでも価値は高いはずだ。

（まさかこんなところで出会うとは思ってもいなかった……これで二回目だな、アズリー。借りは返すぞ）

サナトは静かに微笑んだ。

第二十一話　借りは返す

ボスモンスター部屋の手前に広がるだだっぴろい空間に、岩に腰かけてローブの修理を待つ女性がいた。

名はアズリー。

ミドルショートの茶髪に茶色の瞳。取り立てて特徴の無い顔つきはあどけなく見えるが、年齢は二十を超える。

冒険者の中ではかなり上位に位置する人間だ。

彼女は十代後半で現在のパーティに加入し、数年で有名な冒険者となった。

パーティのリーダーは剣士のヴィクター。幼少から剣で比肩《ひけん》する者がいないほどの強者だった。

彼があまりに飛び抜けた強さであったために、他のメンバーはついていくのがやっとだった。

当時、成長速度を買われて誘われたアズリーもその一人だ。組んだ当初は足手まといに他ならなかった。

厳しい言葉も浴《あ》びせられた。

だが、彼女は負けず嫌いの性格で熱心に勉強した。仲間の戦い方、戦術。書物も読み、訓練も怠《おこた》らなかった。

気付いた時にはパーティに欠かせない回復役となっていた。

「もう少し冷静にならないとダメだよね……」

そんなアズリーの口から弱気な発言が漏れた。

世界最深を誇るバルベリト迷宮。挑《いど》み始めたのは一月ほど前のことだ。

このパーティなら行ける、と自信にみなぎるヴィクターがここの探索を提案した時には誰もが酔っていたと言える。

それは、ちょうど全員がレベル30を超えた時だった。誰にも負けないという根拠《こんきょ》のないうぬぼれがピークだった時だ。

脳裏に初めて迷宮の一階層へ足を踏み入れた記憶が蘇《よみがえ》る。

『ウォーキングウッドだと？　これが最大の迷宮の敵かよ。ろくな罠《わな》もなさそうだし、大した場所じゃなさそうだな』

『……油断は厳禁《げんきん》だ』

『けど、さすがに失笑《しっしょう》ものですよ。これなら前の迷宮の一階層の方がだいぶましでしょう』

『私の《火魔法》も使う必要ないかも』

四人だ。

笑い声の絶《た》えない賑《にぎ》やかで陽気《ようき》な雰囲気だった。

パーティはもともと、男性三人とアズリーを含めた女性二人だったが、今は一人欠けて

この階層のボスモンスターとの戦いで仲間を失ったのだ。

「苛立つのは分かるんだけど……このままじゃ私も……」

アズリーが頭を悩ませているのはリーダーのヴィクターのことだ。彼は最近、傍《はた》から見ても分かるほどに成長速度が落ちていた。

レベルは30を超えたあたりから急に伸びが鈍化《どんか》する。40を超えればギルドに名が残るほど希少なのだから、当然のことだ。

当たり前の現象だが、天才と呼ばれた剣士はそれが我慢ならなかった。認められないと言った方が良いかもしれない。

かつて冷静に戦況を俯瞰《ふかん》し、先回りして危険をいち早く排除《はいじょ》していた頃の彼は見る影も

ない。

無闇《むやみ》に突撃し、撥ね返されるのを繰り返すだけだ。己の現実と未だに向き合えないのだ。

他のメンバーのレベルがヴィクターに近付いていることが、焦《あせ》りに拍車をかけている。

三度返り討《う》ちにあったボスモンスター相手に苛立ち、アズリーですら「それは無い」と言いたくなる無茶な作戦で今回も突っ込もうとしている。

「ジェリタ……私、どうしたらいいんだろ？」

いなくなった同性の仲間を思い出した。自分より年下の愛嬌《あいきょう》のある女性。えくぼを作る笑顔が魅力的だった。

彼女は二度目の挑戦で帰らぬ人となった。

ヴィクターが強行突破をした結果だ。間違いなく失う必要のなかった命であった。

「私も止められなかったけど……でも……」

アズリーがぐっと唇を噛みしめた。

ヴィクターを問いつめたくなった。責《せ》めてもどうしようもないことは十分に分かっていたが、友人のことを思い出す度《たび》に、嫌な気持ちが心をかき乱す。

バルベリト迷宮のボスモンスター部屋は誰か一人が欠けた時点で、挑んだ全員が外に弾き出される仕組みだ。

気絶《きぜつ》した状態で放り出されると、返り討ちにあったことが順番待ちをする冒険者全員に知れてしまい、評判は地に落ちる。

逆に通過できれば、扉が銀色から淡い青色に変化してひと目で分かる。

ギルドでは気絶者への手出しは重罪と決められているので、武器を奪われたり犯《おか》されたりということはないが、無防備な姿を長時間さらすのは気持ちの良いものではない。

ただ、ボスモンスター部屋での一度目の死亡は無かったことになる。誰が死んでも一度目は救済してくれるのだ。

しかし、二度目はそうではない。

最初に挑んだ時から苦戦した。敵は想像以上に強く狡猾《こうかつ》だった。

まず魔法使いのジェリタが命を落とした。背後からの攻撃に対処が間に合わなかったのだ。

そしてアズリーを含めた全員が気付いた時には、無様《ぶざま》に地面に転がっていたのだ。

人目のある場所で、どれくらい気を失っていたのかは分からない。

付き合いのあるパーティが起こしてくれなければ、もっと長い時間転がっていたかもしれない。

ヴィクターにとって初めて感じる屈辱《くつじょく》だったのだろう。

目覚《ざ》めた時に鬼の形相となった。

剣を抜き「次は俺がやるから邪魔をするな」と反論を許さない一言を放ち、有無を言わせずに全員を連れて再挑戦した。

ここに来るまでに復活の輝石を使い切ったジェリタのことを顧《かえり》みなかったのだ。

「二度目は無いって……みんな知ってたのに……」

アズリーが暗い気持ちで視線を下げた。俯くように頭が下がり、茶髪が真下に流れた。

そのとき聞きなれない男の声で話しかけられた。

「アズリーさん……ですよね？」

＊＊＊

「あっ、はい……そうですけどあなたは？」

突然声をかけられたことに動揺したが、アズリーはすぐに顔を上げた。

名の知れた冒険者の彼女は、自分は知らなくとも相手は知っていることが多い。

まして、ここは高位冒険者の行きつく場所だ。顔見知りは少なくない。

気持ちを切り替えて目の前に立つ黒髪黒目の男を眺めた。

中肉中背《ちゅうにくちゅうぜい》で身長はそこそこ。幼い印象を与える童顔《どうがん》。

魔法使い用のローブを着た、あまり目立つタイプではない容姿。

男は、アズリーの顔を見て「やっぱりアズリーさんでしたか」と柔らかく微笑んだ。

この階層に来られるということは、かなり腕の立つ冒険者のはずだ。

アズリーは付き合いのある冒険者達の顔を順繰りに思い出していく。

しかし、思い当たる人物はいない。近くにパーティメンバーも見当たらない。

諦めておずおずと口を開いた。

「すみません……声をかけていただいたのに……私ったら……」

軽い謝罪とともに相手に名乗りを促した。男がほんの少し悲しそうな表情を見せた。

アズリーの心がちくりと痛んだ。

「本当にすみません……」

「いえ、アズリーさんが謝ることでは……一度お会いしたから分かるはずと、勝手に期待した僕が悪いんです。申し遅れました。僕は冒険者のサナトと言います」

「サナトさん？」

記憶にない名前だった。

「以前、この迷宮で助けていただいたことがありまして……覚えておられないでしょうか？　その……大変お恥ずかしい話なのですが……迷宮の一階でウォーキングウッドに重傷《じゅうしょう》を負わされていたところを《回復魔法》で治《なお》していただいて……」

サナトは視線を泳がせ、ばつの悪そうな顔で頬を掻いた。自分の恥をしゃべりたくはないが、致し方ないという感情がひしひしと伝わってきた。

「迷宮の……一階で？　あっ、もしかしてあの時一人で戦っていた？」

アズリーの脳内にはっきりと光景が蘇った。

ちょうどボスモンスターに、三度目の挑戦をしかけようとしていた時だ。ぎすぎすしていたパーティが偶然《ぐうぜん》出会った人間だった。

泣きそうにも苛立っているようにも見える顔で、必死にウォーキングウッドに剣を叩きつけていた初心者は腹部を殴打《おうだ》されて吹き飛ばされた。

それを、アズリーがパーティメンバーの制止を聞かずに助けたのだ。

「たぶんそうです。思い出してくださって嬉しいです」

サナトはにこりと微笑んだ。

第二十二話　渡したい物と欲しい物

「アズリーさんのパーティでも突破できないボスですか……」

サナトの驚いた顔を見て、アズリーが苦笑する。

二人は現在雑談中だ。何度も真摯《しんし》な顔で礼を伝えるサナトに、アズリーがやや根負けする形で話が始まったのだ。

出身地のこと、冒険者となった時のこと、軽い現状説明。

使用した《回復魔法》に感謝されることは多い。いつもなら軽く挨拶《あいさつ》を返すだけなのだが、なぜか少し話してみたい気持ちになったのだ。

（気持ちがささくれだってたから誰かに話を聞いてもらいたかったのかも……）

内心でそう納得したアズリーは、隣に座ったサナトの横顔を盗み見る。

頼もしい。

最初に浮かんだ印象は、まさにそれだった。

初対面も同然なのに、不思議と頼りになる人だと思った。

腰かけたサナトの顔がアズリーを見た。

「どうかしましたか？」

「い、いえ……」

いつの間にか会話を忘れて見つめていたらしい。

一体どうしたのだろう、と内心で慌てふためきながら言葉を探す。

「えっと……私のパーティはそこまで飛び抜けて強いってわけじゃないですから」

「レベル30を超えているのにですか？」

「あれ？　私、自分のレベルってお話ししましたっけ？」

アズリーが首を傾げた。レベルについて話した記憶がなかった。

「……いえ……アズリーさん達は有名ですから」

「あっ、誰かから聞いたんですね」

「はい……隠していても強い人はすぐ噂になりますから。羨ましいかぎりです」

目を和《やわ》らげるようなサナトの笑みがなぜか引っかかったが、顔を見ているうちに疑問は消えた。

「それより、アズリーさんでも手こずるボスモンスターってどんなやつなのですか？」

「それが……ミノタウロスなんです」

「ミノタウロス？　あの牛の頭を持つ人間みたいな？」

サナトが目を丸くする。

「そうです。九人も同時に出て来るんですよ。パーティって六人までしか組めないのに不公平だと思いません？」

「九人もいるんですかっ⁉　それはまた……」

「しかも頭が良くて、後衛《こうえい》を先に潰《つぶ》しにくるんですよ」

「ええっ、それはなんともすごい話ですね……モンスターがそこまでするなんて」

「でしょ？　なんていうか……もう反則なんです」

はあっ、と大きなため息を吐くアズリーに、サナトが「大きな壁ですね」と気の毒そうに声をかけた。

アズリーがその言葉に呆れ声で言う。

「他人事《ひとごと》みたいに言ってますけど、ここにいるってことは挑戦するってことでしょ？」

「まあ、そうなります」

「分かってると思いますけど、危険ですから復活の輝石は忘れないようにしてください。そうしないと――」

仲間を失うことになる、という言葉をアズリーはぐっと呑み込んだ。

新たな挑戦者に、わざわざ身内の恥を話す必要はない。なぜか饒舌《じょうぜつ》になっている自分を戒《いまし》めた。

サナトが知ってか知らずか深く頷いた。

「もちろん。僕も死ぬのは嫌なんで」

「……ですよね。やっぱり普通はそうですよね」

アズリーの脳裏に無謀《むぼう》な突進をしかけるヴィクターの映像が浮かび、じわりと苛立つ。

そんな気持ちが顔に出ていたのだろう。

「……突破できないだけって感じじゃないですね」

横からかけられた言葉に、アズリーがばっと振り向いた。なぜ分かったのだ、と顔にはっきりと書いてある。

サナトが鼻の頭を掻きながら、種明かしをした。

「簡単な話ですよ。敵に負けた後にパーティで集まって作戦を練《ね》らずに一人で悩んでいるなんて……有りえません。内々で何かあったんですよね？」

「……やっぱり……分かりますか？」

「ええ。有名な冒険者パーティにしては沈んだ表情をしているなってことくらいは」

まさにサナトの言う通りだった。

隠しているつもりだったが、他人ですら分かるような顔をしていたのだ。

アズリーは心の中で大いに恥じた。

そして同時に、隣に座るサナトをますます頼もしく感じた。

（こんなに気配《きくば》りができる人のパーティっていいなあ……って違う違う。ヴィクターだって少し前はこんな感じだったし。悪いのは全部ミノタウロスなんだから）

寂しげに目を細めたアズリーの横顔をサナトが見つめた。

そして、ゆっくりと言葉を選んで話しかける。何があったかという点は問わないことに決めたらしい。

「アズリーさん、それならこれをもらってくれませんか？　助けていただいたお礼と思ってくださって構いません」

「え？」

サナトが自分のアイテムボックスから一つの武器を取りだした。

銀色に輝く手のひら二つ分の大きさのものだ。

「魔法銃ですか？　なぜこれを？」

「ご気分を害されたのなら謝罪します。高位パーティの方にお渡しするのはどうかとも思ったのですが、苦しい状況であるなら、危険な場面が来た時に使っていただきたくて」

「……危険な場面？」

サナトがはっきり顎を引いた。

アズリーがためらいながら受け取り、何か特別の仕掛けがあるのかと目を凝らす。

しかし、それは彼女のよく知る魔法銃そのものだ。外観《がいかん》を似せた偽物《にせもの》というわけでもなさそうだ。

元々、魔法銃はこの世界では特異な武器だ。

剣、斧、槍といった一般的な武器とはまったく異なる。

数は少ないもののギルドで流通していて、効果は知れているが仕組みが判明していない。

しかも作り手がいないのに、いつからか自然と広まっている。

今では冒険者の中でも保険に持つ者は多い。

だが、あくまで魔法が使えない人間が補助的に使用するものだ。《回復魔法》や攻撃魔法を使いこなす彼女にはまったく不要のものだ。

「それには、とある大魔法使いの禁忌《きんき》の魔法が込められています」

サナトの声を潜《ひそ》めた言葉に、丁重《ていちょう》に返そうとしたアズリーの手が止まった。

思わずおうむ返しで尋ねた。

「禁忌の魔法ですか？」

サナトが自信ありげに微笑む。

「ええ。呪文は必要としないうえ、一《ひと》たびトリガーを引けば、いかなる敵も殲滅《せんめつ》できると言われる魔法……だそうです。もちろん僕は使ったことがないので見たことが無いんですけどね」

含み笑いをしながら、更《さら》に続ける。

「ですが、効果は保証《ほしょう》します。ミノタウロス戦でもきっと切り札《ふだ》として活躍できるはずです」

「でもそんな貴重なものを……サナトさんが挑戦する時には使わないのですか？」

「実は……二丁持っているんです」

「えっ？　二つあるんですか？」

「僕は何かと予備を持つ習慣があるので、魔法を込めてもらう時に二つお願いしたんです」

「……けど、そこまでのことは」

「いいえ、一度命を救われたので、何か恩返しがしたかったんです。だから……使ってください。お願いします」

サナトが座ったまま頭を下げた。

アズリーは迷う。

魔法銃に込められた魔法の話は眉唾《まゆつば》ものだ。

そもそも大魔法使いと言っても名前を聞いていない。その魔法を見たことも無いのに効果は保証する、というのもよく分からない。

だが、もしも本当ならば価値は測り知れない。冒険者にとって切り札は何枚あっても無駄ではないのだ。

「でも……」

再度迷いの言葉が漏れた。

魔法銃というものが高価なわりに、それほど信用の置ける武器ではないからだ。二丁あると言うが、譲るための方便《ほうべん》かもしれない。

しかし、アズリーの前で下がった頭はいつまで経《た》っても上がらなかった。

(きっといい人なのだろう)

アズリーは返そうと伸ばしかけていた手をゆっくりと胸に戻した。どんな理由をつけても、サナトは絶対に受け取らないだろうと思えた。

「分かりました。お気持ち、受け取らせていただきます」

「ありがとうございます」

ようやく上がった顔には満面の笑みが浮かんでいた。

アズリーも思わず釣られてしまう。

「……大魔法使いのお名前は教えてもらえないのですか？」

「秘密にしておけ、と言われたということで許してください」

サナトが「申し訳ない」と軽く頭を下げた。

「引退した方はそういう人が多いって聞いたことがありますけど……」

「気難《きむずか》しい方なので。すみません……本当はお伝えできれば良かったんですけど……」

サナトが視線を落とした。

罪悪感にさいなまれたアズリーが慌てて弁解した。

「あっ、違うんです……私もいつかどこかで会えたらお礼を言いたいなって思っただけなんです。サナトさんを責めているわけじゃないんです」

「たぶんその気持ちだけで十分だと思います。もし、もう一度会えたら僕から伝えておきます」

ありがとうございます、と告げたアズリーが静かに頭を下げた。

そして、思い出したようにサナトが軽く手を叩いた。再びアイテムボックスをがさごそとひっくり返す。

「そういえば、もう一つお渡ししたいものがあって……えっと……これだ」

「これは……魔石じゃないですか」

「はい。これも役立てばって思いまして。たまたま拾ったものですけど」

「魔法銃ももらってしまったのに、さすがに受け取れません。このサイズの魔石でも相当のお金になるはずですし」

「知っています。だからこそ、です。復活の輝石だって高いですし、装備の修理だって必要でしょう？」

サナトは、ローブを身につけていないアズリーを一瞥して言った。

「一応、パーティのお金がありますし……」

即座に断ってしまったアズリーだが、サナトの言葉は的《まと》を射《い》たものだった。

アズリー達の装備は質が高い。当然修理するのは割高になる。それに三度のボス戦でアイテムをほぼ消費しきっている。

さらには有名な迷宮であり、もう取り尽くされてしまったのか、二十階層付近でも魔石がなかなか見つからないことに頭を悩ませていた。

「この魔石はパーティにではなく、アズリーさん個人に受け取って欲しいんです」

サナトが真摯な眼差しを向けた。

「私に？」

「はい。正直に言えば、アズリーさんのパーティの方のことはそこまで考えていませんので」

「……どうして私にそこまで」

「言いましたよね？　命の恩人だからです。もう一度頭を下げなければ分かってもらえませんか？」

少しだけ意地悪く微笑んだサナトは真正面《ましょうめん》からアズリーを見つめる。

顔には純粋な感謝が浮かんでいた。

「分かってもらえて嬉しいです。どうぞ」

もらってしまおう、と考えた絶妙《ぜつみょう》のタイミングで、アズリーの片手がサナトにすくい上げられた。

茶色く輝く魔石を優しく手に握らされた。

岩とほとんど見分けがつかない魔石をどうやって見つけたのだろうと疑問がわいたが、手を握られていることに気付いて霧散《むさん》した。

（あっ、これってなんだかまずいかも……誰も見てないよね）

手にじんわりと温かさが伝わった。

十七歳の時にティンバー学園を卒業し、父親にわがままを許してもらって家を出た。冒険者として暮らす間はひたすら強くなろうと努力した。もちろん一度も男性経験は無い。

アズリーはこんな場合にどうすれば良いのか知らない。

だんだんと顔が熱くなった。高位の冒険者でも恥ずかしいものはどうしようもない。

しかし、サナトの手はまだ離れない。無下《むげ》に振り払うこともできない。

「あの……」

「あっ、すみません。つい……」

アズリーがとうとう耐え切れずにあげた声に促される形でサナトの手が離れた。

たっぷりと時間をかけた手渡しであった。

最後にサナトがつぶやいた単語は聞き取れなかった。

第二十三話　これ以上は

「高価なものを二つも頂いてしまってすみません」

「いえ。少しでもアズリーさんの助けになれば幸いです」

サナトがゆっくりと立ち上がった。伝えたかったことは伝え終えたのだろう。

アズリーが名残惜《なごりお》しそうに見つめた。

「……すぐミノタウロスに挑戦なさるんですか？」

「順番が来ればすぐにでも挑戦するつもりですが、その前に色々と準備がありますので。

アズリーさんのパーティはどうなさるのですか？」

「私は……」

アズリーが言葉を濁した。

彼女はまだ迷っていた。ヴィクターの機嫌を損《そこ》ねることになっても止めるのか、ひたすら望みに付き合うか。

だが、落ち着いて考えたことで答えが出た。

（うん……こんなの考えるまでも無い。ヴィクター以外はみんな同じ気持ちだろうし。リーダーについていくだけがパーティじゃないよね。私だってここで死ぬわけにはいかない）

「言い忘れていましたけど、もしも魔法銃を使う場面が来たら、立て続けに二回トリガーを引くのを忘れないでください」

「二回……ですか？」

「はい」

「分かりました……頂いた武器のことですし、覚えておきます」

見下ろす形でサナトが頷いた。

「では、僕はこれで。時間を取らせてしまってすみませんでした。アズリーさんのパーティが次こそ突破できることを祈っています」

「こちらこそ。サナトさんもお気をつけて。ミノタウロスはたぶん考えておられる以上に賢いです。それと……またどこかで見かけたら声をかけてください。何かあればお力になりたいので」

「お力になりたいのはこちらなんですけどね……でも、ありがとうございます。何か困ったことがあれば相談するかもしれません……それでは」

サナトは頭を下げて踵《きびす》を返した。ローブがふわりとはためく。

アズリーは目尻を下げて見送った。なんとなくまた会えそうな気がした。

(そういえば、サナトさんって、どうやって三十階層まで来たんだろ？　ミノタウロスに挑戦するって言ってたけど、一階層で大ケガしてた人が二週間でどうしてここにいるの？うそ……私、こんなことになぜ気付かなかったんだろ？)

混乱するアズリーは自問を繰り返しながら遠ざかる背中をじっと見つめた。

＊＊＊

二人が会話した場所から離れた位置で三人が待っていた。

全員が主人の言いつけを守ってその場所から動いていない。

戻ってきたサナトを見て、リリスが表情を崩した。

「ご主人様、お帰りなさいませ」

「ただいま」

「マスター、あの女の人って《回復魔法》使ってくれた人だよね？」

「ああ。以前、俺と接触《せっしょく》していたからな。情報をもらうついでに《複写》してきた」

したり顔で頷いたルーティアと、首を傾げたリリス。

サナトはリリスに《複写》について簡単に説明を始めた。自分の奴隷に隠す必要はない。

すると、興味深そうに隣で聞いていたバールが口を開いた。

「それでサナト様のスキルが一つ増えたのですね」

「見ていたのか？　その通りだ。《障壁《しょうへき》貫通》にするか《回復魔法》にするか、最後まで悩んだ。おかげで手を離すのが遅れてしまって、アズリーには不信感を持たれたかもしれない」

「《障壁貫通》と言えば、攻撃魔法を緩和《かんわ》、反射系を突破できるようになるスキルですが、なぜ《回復魔法》にされたのですか？」

「《障壁貫通》はやはりそうか……名前からしてそんな感じだろうとは思ったが、実在するなら対策がいるな。《回復魔法》は汎用性《はんようせい》が高そうな方を選んだ結果だ」

「ですが、《回復魔法》も無駄では？　はっきり申し上げると、サナト様のＨＰでは攻撃を受けた瞬間に死んでしまわれるでしょう」

「本当にはっきり言ったな……」

サナトが苦笑し、少女二人が露骨に顔をしかめた。

「《ＨＰ大回復》持ちのバールと違って、リリスとルーティアに必要だ。それに、俺の予想では《回復魔法》は《解析》しがいのあるスキルだ。まあ、少し研究は必要だがな。と、それよりもだ……バール、お前あれを使っただろ?」

サナトはバールを睨みつけた。

問いかけてはいるが、犯人はお前だと言わんばかりの顔だ。

「あれ……とはなんでしょう?」

「しらばっくれるな。アズリーとの会話中に使った《精神操作》のことだ。そうでないと現象が説明できない」

腕組みをしたサナトがため息を吐いたのを見て、バールの口角が小さくゆっくりと上がった。

悪びれることなく言う。

「操作というほどのことはしておりません。単にサナト様の言葉から受ける印象を良くした程度のことです」

「途中からアズリーの状態が『魅了』に変化したのに少しだと言うのか?」

「本気でやればサナト様に依存しなければ生きていけないような廃人《はいじん》にできます」

「……ぞっとしない話だ。あまり勝手なことをするな。それに精神をいじるようなスキルを簡単に使うな」

「サナト様が何かをやろうとしているのは分かりましたので手助けをしただけです」

「俺にも話の段取りがある。結果的に話が早くて助かったが、普通ならもっと時間をかけないとあそこまでたどり着けない。動揺したせいで《神格眼》で視たレベルの暴露《ばくろ》までしたんだぞ。疑われたらまずいところだった」

恨みがましい視線を送るサナトに、バールが頭を下げて折れた。

主の意思として理解したのだろう。

「以後、注意しましょう」

「頼むぞ。むやみやたらに使うのはやめてくれ」

ため息を吐いたサナトに、今度はルーティアが「ねえねえ」と手を上げて質問する。

「マスター、アズリーの手を握りたいなら魔石渡すだけで良かったんじゃないの？　魔法銃まで渡す必要なかったでしょ？　あれってリリスに渡したやつ？」

「あっ、私はまだ持っていますけど……」

「あの魔法銃は本当に予備だ。俺が何かあった時のためにストックしておいただけだ」

「それを渡しちゃったのはなんで？」

「……借りを返すためだ。それ以外に理由は無い」

「借りってあの一度ケガを治してもらったやつ？」

「そうだ。あの時の俺はそんな気持ちに到底なれなかったが、借りは借りだ。これで彼女のパーティの窮地を救うことができる」

「変なところで律儀《りちぎ》だねー」

「ほっといてくれ。ずっと引っかかっていたんだ」

呆れ顔のルーティアの視線を、サナトがそっぽを向いてかわした。

自分でもそう思うところがあるのだろう。負け惜しみのように言った。

「魔法銃と魔石だけで借りを返したし、《複写》もできた。いいことずくめだ」
＊＊＊

「で、バールには悪いがもう少し時間が欲しい。ボスモンスターに挑む前に《回復魔法》の《解析》を済ませたいんだ」

サナトの台詞にバールが黙って頷いた。だが、思い出したように口を開く。

「そういえばサナト様、その《複写》は乱発しない方が良いかと思います」

「……なぜだ？」

「所有可能なスキルが限界に近付いているからです」

淡々と告げられた言葉の意味が、サナトの脳内にじわじわと染みこんだ。

沈黙の時間が経過し、サナトが「やっぱりそうか」とつぶやいてバールに向き直った。

表情には寂しさが浮かんでいた。

「持てるスキルに限界があるのか？」

「あると言われています。ユニークは五、通常スキルの上限は十のはずです。事実、長い年数を生きる私ですらスキルの数は頭打ちです。サナト様が《回復魔法》を《複写》したことで残りの通常枠《わく》が三つとなりました。このルールは人間でも悪魔でも同様のはず。普通の人間はここまでスキルが埋まることはないですが、《複写》は例外ですので」

「通常枠が残り三つ。ユニークスキルは空《あ》きが無いということか？」

「私の記憶では《時空魔法》と《悪魔召喚》を手に入れておられるので埋まっているはずです」

「バールの眼にはユニークスキルが映らないのか？」

「《悪魔の瞳》では視えません。ただし、体に触れることで看破可能です」

「……なるほど。確かに言う通りだな。どんなスキルが必要になるのか分からない状況で《複写》は使えないか」

サナトがぐっと腕組みをして、自分のステータス情報を覗く。

ルーティアの力でほとんどが通常の枠を超えたスキルだ。幾度《いくど》も助けられたものばかりだが、明らかに不要なスキルもある。

（《HP微回復》は完全に余計だった。俺の防御では強い敵から攻撃を受ければ即座に死に至る。HPが絶対に1残るようなスキルがあれば別なんだが……それでもまた空《あ》きが一つ減ってしまう。悩みどころだな）

サナト　25歳
レベル8　人間
ジョブ：村人
《ステータス》
HP：57　MP：19
力：26　防御：26　素早さ：33　魔攻：15　魔防：15
《スキル》
浄化
火魔法：初級（改）
水魔法：初級（改）
HP微回復（改）
捕縛術：初級（改）
護壁：初級（改）
回復魔法：初級
《ユニークスキル》
神格眼

ダンジョンコア
魔力飽和
時空魔法
悪魔召喚

第二十四話　三十階層

「ご主人様、さきほど黒い爪のようなもので何をなさっていたのですか？」

「あれか？　自分を引っ掻いて毒状態にしたんだ」

尋ねたリリスが「え？」と驚いた声をあげた。

サナトが「実はな」と、アイテムボックスから黒い指先の長さほどの爪を取り出した。

今にも毒液が染み出しそうな光沢を放っている。

迷宮の一階層をうろうろしていた時に出会った、ワンダースケルトンが落としたアイテムだ。一度売ろうとして、結局は手元に置いたものだ。

サナトは当時を懐《なつ》かしむように目を細め、顔の前に持ち上げた。

「こいつで腕を傷つけたんだ」

「……どうしてそんなことを？」

「毒状態を治癒《ちゆ》できるか確認するためだ。《回復魔法》を手に入れてから色々といじっているんだが、面白いことも分かってきた。まあすぐにお披露目《ひろめ》できると思う。楽しみにしててくれ」

「ご主人様のことですから、お考えがあると思うのですが……あまり自分を傷つけるのは……」

「悪い、心配させてしまったか。だが多少痛いだけで別に危険なことじゃないんだ。最悪魔法で治らなくても、ここには毒に効く薬も売っている」

「……ですが」

「さあ、この話はもう終わりだ。俺たちもそろそろ行こう」

目の前には大きな門が見えている。バルベリト迷宮における大きな関門だ。

幾《いく》たびも挑戦者を撥ね返しただろう。くすんだ銀色の扉の外観が長い歴史を伝えている。

サナトは出入り口付近を避けるように囲む、高位冒険者の集団を一瞥した。彼らはこの次に挑戦するつもりなのだ。

武器の準備に余念がないパーティが多い。

「えっと、順番待ちのサナトさんのパーティですね。ここでお見掛けしたことはありませんけど初挑戦ですか？」

扉付近に簡素《かんそ》な木椅子を置いて腰かける若い女性がそう問いかけた。

隣には護衛《ごえい》らしき男性が一人直立している。いずれもギルドの紋章《もんしょう》を胸に付けた制服らしきものに身を包んでいる。

三十階層にはたくさんの冒険者が集まってくる。強くてプライドが高い者たちだ。

暗黙《あんもく》のルールで順番待ちをしろと言っても、腕っぷしに自信がある人間が集まると、時に争いに発展する。

そこで、日中の人が多い時間帯だけは、ギルド職員がこうして順番を取り仕切っているのだ。

もちろん、彼女や護衛に手を出した場合には、ギルドからお尋ね者として手配されるという重い罰が待っている。

「何か問題でも？」

「いえ……ただ、ギルドは安全の保証はしないという点をご理解いただきたくて。なにせ私たち二人ですから。ところで、親しいパーティはありますか？」

「……いえ、親しいと呼べるパーティはいませんね」

「そうですか……」

気の弱そうなギルド職員の表情が曇った。一瞬、リリスを見、そしてルーティアに移動した。

「二人がどうかしましたか？」

「あの……初挑戦ということなのであっちで説明させてもらっていいですか？」

「もちろん構いませんが、あまり他の方を待たせるのは……」

「すぐに終わります」

ギルド職員は周囲の目を気にするように椅子を立った。

サナトがメンバーに待機を伝えて後に続く。

後方から「ギルドのお姉ちゃん、説明したって駄目《だめ》だぜ」「分かっててもここで引き返すやつはチキンだからな」という、下卑《げび》た声が聞こえてくる。

その声に、職員が「最低なやつら」と吐き捨てるようにつぶやいた。

サナトは人が変わったような様子に首をひねる。

「……何かルールがあるのですか？」

「そうじゃないんですけど……この部屋で負けた時のことはご存知ですか？」

「負けた時？　いえ、知りませんが」

「やっぱりそうですか。ここまでは順調に来られたんですね……ボス部屋では、誰かが死ぬと全員が気絶させられて外に放り出されます」

「気絶させられて？」

職員が大げさにため息を吐いた。やるせない表情には諦めの感情が浮かんでいる。気の毒そうに、サナトの後方にいるメンバーを見た。

サナトも釣られて振り返ると、偶然リリスと目が合った。

「気絶時間が長いんです。それで……その……気絶中にいいようにされてしまうことがありまして……特に新人や他のパーティに嫌われていたり、親しいパーティがいないと……俺が介抱《かいほう》してやるから、ってやつらがたまに出てくるんです。むしろそれを目的にここにいるような輩もいるくらいで……ギルドとしても何か手を打たないとと思っているんですけど……」

「ああ、なるほど……」

サナトはようやく合点《がてん》がいった。

職員は負けて気絶状態で放り出されたときに、リリスとルーティアが危険だと言いたいのだ。

自分ではそんな輩を止められないから、何か対策を打ってほしいと。

何度もそんな場面を見るのはつらいに違いない。

直接現場を見なくとも、連れていかれる場面を目《ま》の当たりにすれば、正義感の強い人間は怒りも湧くだろう。

「ご心配いただいたことには感謝します。ですが、問題ありません。僕のパーティはとても強いので、負けることは有りえません」

サナトはにこりと職員に微笑んだ。作り笑いではなく、心の底から感謝を込めて。

こんな環境《かんきょう》で純粋に心配してくれるギルドの職員の心根《こころね》が心地《ここち》良かった。

しかし結論は変わらない。

サナトの返事を聞いて、職員が慌てた。

「けど……その……特にサナトさんのパーティは目立つので……」

「でしょうね。二人とも美人ですから」

「それでいいんですか？　皆さん一度目は自信満々で挑戦しますけど、私がここに座ってから突破したパーティはいませんよ？　誰だって負けることはあります」

「ほかのパーティよりは少し自信がありますので」

サナトは平静な態度で言った。

「それでもリーダーとして、なにか手を――」

「チエラさん、大丈夫ですよ。サナトさんのパーティは私が守りますから」

職員が悲痛な声になった時だ。落ち着いた声が言葉を遮った。

近付いてくるのはサナトの顔見知りの人物。

ミドルショートの茶髪に茶色の瞳。白いローブから突き出された細い手には、透明に近い宝石をあしらった短杖を持っている。

彼女は優しく続けた。

「私が決してひどい目には遭わせませんから」

「アズリーさんっ！」

チエラの表情が明るく変化した。憧《あこが》れの人物なのかもしれない。

素早く走り寄った彼女は、「ありがとうございます」と礼を述べてアズリーの手を取った。

「サナトさんも構いませんか？　他に懇意《こんい》のパーティの方がいるなら……」

「いえ。残念ながら繋がりは少ないもので。ありがたい話です」

サナトはそう言って頭を下げた。

チエラが不思議そうな顔で、二人の様子を窺った。アズリーの手を握ったまま、視線を何度も往復《おうふく》させた。

しかし会話は続かない。とうとうしびれを切らしたように尋ねた。

「サナトさんは新人って聞きましたけど、アズリーさんとお知り合いなんですか？」

「……知り合いと言っていいものかどうか怪しいですが」

「いえ、ちゃんとした知り合いですよ」

アズリーがくすくす笑い、サナトがばつが悪そうに視線を逸らした。ぼやかした返事は見事にアズリーに切り返された。

だが、知り合った経緯《けいい》については、職員の前で話すつもりはない。サナトは早々に話を切り上げる。

「とにかく……アズリーさんには感謝します。それでチエラさん、他に話がありますか？」

「いえ、大丈夫です。アズリーさんが守ってくださるなら言うことはありません。初挑戦がんばってくださいね」

「もちろん。では僕はこれで。アズリーさんもまた」

「はい。またどこかでお会いできる日を楽しみにしています」

サナトがローブを翻して仲間のもとへ戻っていく。歩みに気負《きお》った様子はない。淡々といつもの通りといった様子だ。

チエラが背中を眺めながら感嘆の声をあげた。

「なんだか、初挑戦って感じがしない人ですね」

「落ち着いた方ですけど、サナトさんも苦しんだ時期があるみたいですよ。ただ――」

アズリーがチエラの横に並ぶ。頭一つ小さなチエラが隣を見上げた。

「成長が早すぎるんですよね」

「早すぎる？」

「ええ」

出会ってから三十階層まで来た日付を逆算すると明らかに異常だ。

もし実力を隠していたのでなければ、人間がどうやっても成し遂《なと》げられないような成長を遂げたことになるのだ。

パーティメンバーも同レベルだと考えれば、さらに考えられない状況となる。しかもどのメンバーの顔にも心当たりがないときている。

「アズリーさん、そういえばさっきサナトさんに『また会ったら』って言ってましたけど、もしかして突破できると思っているんですか？」

「たぶんですけど……」

「ほんとですかっ⁉　アズリーさんでもまだ突破できていないのに？」

「私なんてまだまだですよ。たぶん世の中には私などより上の人がたくさんいるはずです。それに、サナトさんにはいざという時の切り札があるみたいですから」

「切り札ですか？」

「ええ」

大魔法使いの禁忌の魔法がね。

アズリーは口の中で言葉をつぶやき、もらった魔法銃を思い浮かべた。

第二十五話　テスト

淡く、白く、そして儚《はかな》く。

粉雪が降り積もった銀世界で陽光を受け止める大地のような色だ。

くすんだイメージを一新し、幻想的な光を放つ巨大な扉が挑戦者を歓迎してゆっくりと開いた。

歩を進めるのは新人の四人。

分業制が当たり前の冒険者にあって異質な存在。タンクがいないばかりか、素手《すで》の男がいるという謎《なぞ》のパーティだ。

彼らの背中には純粋な激励《げきれい》を込めた視線と、無理に決まっていると蔑《さげす》む視線の両方が浴びせられた。

しかし、進む者たちの中にそれを気にする者は一人もいない。

誰もが前の階層と変わらないと知っているからだ。

レベルが上がろうと、敵が変わろうと、やるべきことは変わらない。

出てきた敵を倒す。それだけなのだ。

「見世物にされた気分だったな」

重厚《じゅうこう》な扉が空間を隔絶《かくぜつ》すると同時に、サナトはやれやれと頭上を見上げ、左右にそびえ立つ壁をながめた。

とてつもない高さの天井と、戦車が数台は通れそうな幅《はば》の道。コロシアムに向かうまでの通路は異常なほどの広さだった。

本当なら誰もが押しつぶされそうな緊張感を味わう空間だが、メンバーの表情は明るく余裕に満ちていた。

三十階層を担当する悪魔が上機嫌で口を開いた。

「私の出番の前振《まえふ》りとしては申し分ないですね」

口笛でも吹きそうなバールは服が乱れていないか確認し、戦う瞬間を待ち焦《こ》がれている。

しかし、その浮かれた表情がサナトの一言で凍りついた。

「バール、悪いが今回は俺に譲ってくれ」

「……えっ？」

「実験をしたいんだ。敵は九匹らしいから……一匹程度なら任せるが……」

ぽかんと口を開けたバールが肩を落とした。だがそれはポーズに過ぎない。

何が優先されるかは十分に理解している。にこりと悪魔らしい邪悪《じゃあく》な笑みを浮かべた。

「是非もありませんね。サナト様がおっしゃるならば」

「悪いな」

「とんでもありません。ですが、せめて一番強そうな敵をいただいても？」

「大丈夫だ。複数に試したいだけだからな」

「承知しました」

＊＊＊

「ミノタウロス九匹と聞いていたが……」

サナトが言うと、リリスとルーティアが一緒になって周囲を見回す。

「五匹にしか見えません」

「そうだねー。どう数えても五匹だって」

「いや、十匹いるぞ。油断するなよ。それと今回は俺がやる。手は出さないでくれ」

敵は岩の上で待ち受けていた。

これ見よがしに両手に持った手斧を回すミノタウロスが五匹。

あちらこちらに散《ち》らばり、挑戦者を睥睨《へいげい》するように立っている。

サナトはリリスとルーティアにのみ分かるように数か所に視線を送る。

《神格眼》には既《すで》に情報が丸見えだ。岩場の裏に身を隠しているのだろう。

「サナト様、奥の大きいやつをもらってもよろしいですか？」

早々に最も強い敵を見抜いたバールが舌なめずりをした。

「任せる。ではこっちも行くぞ。リリスとルーティアは俺から離れるなよ」

「はい！」

「了解！」

二人の少女がサナトの隣で武器を構える。濃い青色の刃がついたバルディッシュと刀身が純白のサーベル。

サナトは無言で真上に《ファイヤーボール》を放った。

誰もが放たれた初級魔法の行方《ゆくえ》を追った。動き出そうとしたミノタウロスも一瞬目を奪われた。

目の前に敵がいる状況で無関係な方向に発射されれば当然だ。

しかし次の瞬間、獣のくぐもった声が入口の真上付近に響いた。

「……頭の上にいたんだ。知らなかった」

「入口を通った挑戦者の目を正面に引き付けて、背後を襲うタイミングを窺う一匹といったところか。いろいろと嫌らしい敵だな」

解説したサナトたちの背後に、どさりと重量のあるミノタウロスが落ちてきた。途端《とたん》に光の粒子となって消えていく。

ミノタウロスの一匹が咆哮《ほうこう》を上げた。

まだ恐れは感じられない。一撃で死んだ仲間を目の当たりにして、一番の危険人物を認識したのかもしれない。

まず殺さなければいけないのは魔法使いだ、と。

光彩《こうさい》の無い漆黒《しっこく》の瞳がその人物を捉えた。と同時に、所有していた手斧を一本、二本と次々に投げつける。

がむしゃらで投げ方はバラバラだが狙《ねら》いは正確だ。さらに同時投擲《とうてき》をしかけんとミノタウロスが太い腕を振るった。

一直線に十本の斧が飛来した。そのうち一本でも当たれば致命傷《ちめいしょう》だ。

サナトはバルディッシュで叩き落とそうと前に出たリリスを戻し、逆に自分が盾となった。

分厚い壁に打ち付けたように、重量のある斧が次々と弾かれていく。《光輝の盾》だ。

「次はこっちの番だな」

告げた言葉は事務的なもの。

サナトは再び《ファイヤーボール》を放った。

続けて三発。岩陰に隠れる三匹のミノタウロスを狙ったものだ。

岩の裏側で着弾と同時に炎が舞った。

だが今回は十分な成果が得られていない。サナトの顔が歪み、「やはり」とつぶやく。

そして、二匹の新たなミノタウロスが燻《あぶ》り出されるようにまろび出た。

魔法が当たらなかったのだ。

斧を投げ終えた五匹が好機と見たのか、岩陰に飛び退《の》き、再び姿を見せた。

手には柄の長い斧を持っている。

手斧は投擲用で隠していたこちらが本命だろう。

一歩もその場から動かないサナトを三方から囲むように七匹が接近した。

ミノタウロスは魔法のスキルを持たない代わりに属性の耐性に秀《ひい》でている。接近戦で魔法使いに後れを取ることはない。

重量のある体を右へ左へ小刻《こきざ》みに揺らしながら、魔法対策のために一か所に集まらないように散開《さんかい》して移動する。

リリスがバルディッシュを一匹のミノタウロスに向け、ルーティアも慣れないサーベルを構えた。

二人は横目でちらりと主人を見やったが、まだ動かない。

武器の間合いは敵に有利だ。

ミノタウロス数匹が、頭上を制するために跳び上がろうと助走をつけている。

ほんの数秒後には獣人と接触せんとするそのタイミング。サナトは待ちわびたように魔法を行使した。

「《病魔《びょうま》の領域》」

サナトを起点にして、半径十メートルほどにまばゆい巨大な円形の光が広がった。

大地を蹴って跳び上がったミノタウロスが即座に落下し、猛《もう》スピードで疾走《しっそう》していた者は何かに足をとられたかのように転がった。

ミノタウロスは何とか立ち上がろうとした。

誰もが体を震わせ、口から涎《よだれ》を垂らし、目を限界まで見開いている。何かに抗おうと荒い息を吐き、起き上がらんとして力尽きる。

その繰り返しだ。

暖かさすら感じる光に包まれているのとは裏腹《うらはら》に、目の前で広がる光景はおぞましい。

リリスが武器を握る手にぎゅっと力を込めて尋ねた。

「ご主人様……これは何の魔法ですか？」

「麻痺《まひ》を治療《ちりょう》する魔法の応用、といったところだな。そして――」

サナトは流れるように片手を上げた。

横たわるミノタウロスたちを眺めながら、とどめを刺さんと魔法を放つ。

それは世界でも異質な魔法。《解析》を使用した属性への耐性を無にする攻撃。

「これが、《絶対浸食《しんしょく》》……極限《きょくげん》まで回復量を高めた『負』の回復魔法だ」

《病魔の領域》で広がった光の円を、《絶対浸食》が上書《うわが》きして駆け抜けた。

必死に抗うミノタウロスたちが、糸が切れたように動かなくなった。

第二十六話　工夫次第で

「バールはまだ遊んでいるな……一体何をやっているんだ？　あの程度の敵なら一蹴《いっしゅう》できるだろうに」

「試しているようにも見えますけど」

軽快な動作で残り一匹のミノタウロスの周囲を移動するバールの顔は珍しく真剣だった。

時折、振り下ろされる戦斧《せんぷ》を片手で受け止め、時に両手を使い、そして弾き返す悪魔は、リリスの言うように実験をしているように見えた。

「まあ、あいつは放っておいても大丈夫だろうが」

「そんなことよりマスター。さっきの魔法って、やっぱり『正負《せいふ》』を変えちゃったからああなったの？」

ルーティアが興味深そうに尋ねた。

「……時間もかかりそうだし、一応二人には説明しておくか」

サナトはその場に腰を下ろした。

二人の少女も合わせて座る。

もはや戦いの気配はない。ただ一つ聞こえる荒い息遣《いきづか》いは、奥のエリアで憐《あわ》れにも悪魔に弄《もてあそ》ばれるミノタウロスのものだ。

「まず、《回復魔法》の初級スキルには二つの魔法が含まれている。一つは《ヒーリング》、HPを少量回復するもの。そしてもう一つが《麻痺治癒》、状態異常の麻痺を治療するものだ」

サナトは落ちていた小石を拾って地面に文字を書き始めた。王国の公用語でないために、こう読むんだ、と読めないリリスに伝えながらゆっくりと。

麻痺治癒
《源泉》　？？？
《種類》　状態異常回復
《正負》　正
《必要MP》　7
《確率》　80％
《対象》　単体
《呪文》　聖光よ、痺《しび》れを打ち払え
《生成速度》　2
《その他》　麻痺

「元の《麻痺治癒》を変更し――」

病魔の領域
《源泉》　？？？
《種類》　状態異常回復
《正負》　負
《必要ＭＰ》　１
《確率》　１００％
《対象》　範囲（円）
《呪文》
《生成速度》　10
《その他》　麻痺

「……と、こうしたわけだ。使い勝手が良さそうだから、新しい魔法として名前を変えて登録もした。さらに面白いのは『その他』の欄だ。ここは言わば、共通の魔法設定に対し、個別の効果を認識させる部分だと思うのだが――」

サナトは地面に『毒』と文字を書き、微笑む。

状態異常回復という分類の魔法。それは麻痺だけではなく、どの状態異常にも適用される仕組みなのだろう。中身が少し異なるだけなのだ。

ということは、

「『麻痺』を『毒』に変えるだけで、毒回復が可能になる」

リリスが「あっ」と小さな声をあげ、納得したように頷いた。

「だからご主人様は毒の爪で……」

「そういうことだ。最初に《麻痺治癒》が《毒治癒》に変更できるのかを試したんだ。それに、『その他』は条件を一つに限る必要がないことも分かった」

「……どういうことですか?」

「『麻痺』と『毒』を混合できるんだ。状態異常の種類さえ分かれば、《病魔の領域》は同時に複数の異常を与えることができる。しかも、『正負』を再度逆転させれば、癒しの領域に早変わりだ」

「うわっ、とんでもない魔法だね」

「……ご主人様はすごいです。こんなことを思いつかれるなんて」

リリスの素直な賞賛に、サナトは首を振り「それは違う」と口にした。

「俺は発想を変えただけで、すべて《解析》の力だ。このスキルはすごい。何でもない魔法をここまで変えられる。ルーティアのおかげだ」

「……えへへ。あっ、じゃあもう一つの《絶対浸食》は？」

「そっちは簡単だ。《ヒーリング》の『正負』を逆転させて、回復量を500にしたんだ。もちろん呪文を消したり、範囲を広げたりしたうえでな。回復魔法耐性なんてものが存在しなければ、軽減《けいげん》や半減《はんげん》すら不可能な魔法となる」

サナトは持っていた小石を放り投げた。ゆっくりと立ち上がり、ローブの土を軽くはたき落としながら、足の裏で地面をこする。

二人の少女が感心しきった様子で腰を上げた。

「ご主人様、私ももっとがんばります！」

明るい表情でリリスが微笑む。

主人がまた一歩前に進んだことが嬉しかった。ルーティアも優しい表情で見つめた。

「頼むぞ。何だかんだ言っても、俺が魔法を使うまでの時間をリリスに稼《かせ》いでもらう必要がある。それに……接近戦はあまり得意じゃない」

「はいっ！」

「俺も、リリスに負けないようにまだまだ強くなりたいと思う」

「あっ、マスター、私も私も！」

「……そうだな。だが、その前にルーティアには少し話がある」

「……え？　私に？」

＊＊＊

三人が新しい魔法の力について談笑《だんしょう》しているころ、バールは一人戦っていた。

まだ予定していた分析は済んでいない。

かわし、軽く殴《なぐ》り、消えて翻弄《ほんろう》する。

勢い余って殺さないよう、慎重に回復薬を敵に使用しながらＨＰの残をにらむ。

バールは武器を持っていない。レベル80超えの肉体だけで敵を破壊できるからだ。

一通りの確認を終え、バールが積極的《せっきょくてき》に前に出た。

わずかに力を込めた手刀が丸太のような腕を肘の上から切り飛ばした。

悲鳴とも怒声《どせい》とも聞こえる声を上げたミノタウロスが、光の塵と消えた己の腕を一瞥し、それでもなお悪魔に襲い掛かる。

必死の形相だ。自分以外の仲間がどうなったかなど気にする余裕はない。隔絶した力量の差に顔がますます醜く歪んだ。

一方、涼《すず》しい顔で見つめるバールの瞳は無機質な研究者のようだ。戦斧を破壊し、猛攻《もうこう》をあっさり受け止め、様々な角度からしげしげと眺めては実験を繰り返した。

「片腕を切り落としても『力』は変わらず。ただし、攻撃力が一番高いのはやはり腕と足。防御はどの場所も誤差《ごさ》の範囲ですか」

バールは瞳を細め左の手刀を胸の前から外に向けて振るった。再び光の塵が舞う。

もう一本の腕が切り飛ばされた。

荒い息を小刻みに吐くミノタウロスが絶望に顔を歪めた。

――そんな馬鹿な。

言葉にしろと言われれば、間違いなくそう言うだろう。

幾度となく挑戦者を撃退《げきたい》してきたミノタウロスの特異体《とくいたい》は混乱する。

これほどの規格外の敵に出会ったことがなかった。

しかし驚いてばかりはいられない。たとえ腕を失おうが、階層を守る獣にも意地はある。

圧倒的な力の差は埋めがたい。ゆえに「負けられない」ではなく「一矢報《いっしむく》いてやる」という意地が。

その想いはさらに前に足を進ませた。

攻撃手段を失った獣に残された方法。

頭だ。

人間よりはるかに硬《かた》い頭蓋《ずがい》は、ミノタウロスの力をもってすれば比類《ひるい》なき鈍器《どんき》へと変わる。四肢しか警戒しない冒険者たちに半笑いで何度も振り下ろしてきた。

しかし渾身《こんしん》の力を込めた頭を悪魔はあろうことか片手で受け止めた。あまりに軽い物を手のひらに載せただけと言わんばかり。

すぐに後ろに下がろうとしたが、体がびくともしない。ミノタウロスの全力を悪魔の片手が凌駕《りょうが》していた。

細い指先が頭蓋にめり込む。ミシミシと頭部が音を立てた。

ミノタウロスが喉から悲痛の声を絞り出す。

「腕と足だけかと思っていましたが、こうしてみると頭突きも意外と力がある。今のは胸も腹筋《ふっきん》も使用しているはず。ということは……」

にたにたと嗤《わら》う赤髪の悪魔は、とんっとステップを踏んで飛び上がった。

着地点は岩の上だ。背を向けたままの跳躍《ちょうやく》の正確さは驚嘆《きょうたん》に値《あたい》する。

バールは言葉を失って立ち尽くす瀕死《ひんし》のミノタウロスを睥睨した。

「やはり、『防御』の数値も影響がありそうですね。ステータスには見えない『基礎《きそ》筋力』とでも言いましょうか。魔法系能力も期待できそうだ……これは素晴らしい」

輝く瞳が瀕死の獣を眺める。宿るのは狂気と新たな知識を得たという喜び。

仮説は立証《りっしょう》された。

「感謝しますよ。取るに足らない相手もたまには役に立つ。あなたは十分に働いてくれました。では――ごきげんよう」

ミノタウロスがその場から消えた。足下の暗い穴に吸い込まれたのだ。

あたりが嘘のように静まり返った。残されたものはミノタウロスの戦斧だけだ。

「……それなら手はある」

バールは低い笑い声を漏らして天井を見上げた。

そして、いずれ訪れる未来に思いをはせた。

＊＊＊

「やった！」

熱気と殺気が入り混じる三十階層で、一人の人物が弾んだ声をあげて手を叩いた。

ミドルショートの茶髪の女性。アズリーだ。

ボスモンスター部屋に繋がる重厚な石作りの扉が、銀色から淡い青色へと変化した。

これは室内のボスを撃破した確かな証《あかし》。ここまで来た冒険者には周知の事実だ。

有名な彼女が嬉しそうに頬を緩め、釣られて扉の変化を目《ま》の当たりにした冒険者たちが、次々と驚きと困惑の表情を連鎖《れんさ》させていく。

扉に背を向けて座っていたギルド職員のチエラも、「まさか」と口にして振り返った。

「……すごい。本当に突破してしまうなんて」

チエラと護衛の男性がぽかんと口を開けた。

彼女が知る限り、部屋を通過できた例は過去数えるほどだ。

前任から引き継いだ紙の束《たば》――挑戦の順番待ちを記した紙――を見返しても、ほとんどがバツ印。つまり失敗している。

その関門をサナトのパーティは一度で通過したのだ。

「アズリーさんの言った通りになりました。今でも信じられないですけど……」

「扉の外にも倒れていませんし、間違いないです。あの方たちはミノタウロスを全員倒したってことです」

アズリーが我がことのように嬉しがる。目にかかった髪をかき上げ、両目でしっかりと扉を眺めた。

どんな戦いをしたのだろうか。

ミノタウロスのレベルは20を超えた程度と言われている。

対する冒険者のレベルは低くても20台後半。高くて30台後半だ。まさにアズリーのパーティのヴィクターがそこに位置する。

だがその程度のレベル差では戦力差を覆《くつがえ》すことは難しい。

敵はミノタウロス。同レベルならモンスターが上回る。

九匹の敵に対し、冒険者は最大でも六人で相手をしなければならない。

最初から数で不利になるのだ。作戦はもちろん、対等以上に戦えるメンバーが一人二人は必要だ。

（この短時間で一気にレベルは上がらないだろうし、サナトさんのパーティは作戦型かな。よっぽどいい作戦があったんだろうな。あっ、でも例の切り札を使ったっていう可能性もあるんだよね……）

アズリーがサナトの活躍を思い描いて微笑んだ。

「だいぶ長い時間戦っていたみたいですから、すごい戦闘だったんでしょうね」

「ええ……きっとそうです」

考え込んでいたアズリーがチエラの言葉に顔を上げた。

彼女の言う通り、かかった時間は長かった。

力の差があれば戦闘は短時間で終わる。

いたぶるような特殊な戦い方を好む人間でなければ、普通はすぐに片をつける。あえて長く戦うメリットはない。

（あのメンバーに残酷《ざんこく》な人はいなさそうだったし……ちょっと目立つ人はいたけど）

少女二人が何かと目立っていたのは気付いていた。

チエラが心配するような魅力的な容姿に加えて、あどけなさが残る年齢でありながら強者に見える相反した雰囲気、そして青と白基調の装備が発する異常な気配。

特に小柄な少女は、大きなバルディッシュがあまりにも不釣り合いだった。

そんなちぐはぐな気配を、アズリー同様、近くにいた者は感じただろう。

だがそれよりも気になるのは、変わった身なりの赤髪の男だ。

装備らしい装備を全く身につけていないうえ、サナトのようなローブも纏っていなかった。ほぼ丸腰と言える。体術の達人か、無防備な魔法使いなのか。

サナトの従者のようにも見えたが、改めて考えてみると違和感がある。

(サナトさんのパーティメンバーだから、悪い人ではないとは思うけど)

アズリーはそう結論付けて、正面を再び見つめた。

扉は今も淡い青色の輝きを放ち続けていた。

耳をそばだてると、あちこちから様々なパーティの会話が聞こえてくる。

「嘘だろ?」

「どこのパーティだ?」

全員がサナトを知らない者たちだ。早速情報を集めようと動き出したパーティもあるが、周囲に聞いても誰も答えられないだろう。

アズリーは胸の内で得意になった。彼と接触したのは私だけかもしれない、と。

しかし、そんなアズリーも戦い方についてはまったく知らない。

(あぁ……、どんな魔法が使えるかくらいは聞いとけば良かった。どうしてあの時、頭が回らなかったんだろ。いつもなら相手との情報交換は忘れないのに。あの時はなんだか会話をすることが、とっても楽しかったんだよね……手だって握られたし……）

思い出すと、顔が熱くなった。

アズリーが振り払うようにぶんぶんと首を振って、小さくため息を吐いた。

顔には複雑な感情が浮かぶ。

チエラが目ざとく感づいて目を細めた。人の観察に慣れているギルド職員の特技の一つだ。

「……どうかしました？」

「え？　べ、別に何でもないです。サナトさんが通過できて本当に良かったなぁって、ほっとしただけですよ？　私が守る必要も無くなって肩の荷が降りました」

「……そうですか」

チエラはそれ以上尋ねなかった。別のことに気を取られたからだ。

大きな盾を持った黒い髪の男が、鎧を鳴り響かせながらアズリーに近付いた。

第二十七話　消える冒険者

短く切りそろえられた前髪が天を向いていた。顔の彫《ほ》りが深く、年齢は四十を超えている。

集まっている冒険者の中でも、熟練の雰囲気が際立《きわだ》っていた。

「サルコスさん」

アズリーが仲間の名を口にした。

彼は同じパーティのタンクだ。前線でも、魔法使いの守護でも活躍する盾のプロフェッショナルだ。

サルコスがチエラに目礼《もくれい》し足を止めた。

「どうかしましたか？　私たちの順番はこれで当分遅れそうですけど」

ボスモンスターの部屋は突破されると再挑戦できるまでに時間を要する。順番は変わらないとはいえ、これればかりはどうしようもない。

いつ部屋が回復するかはダンジョンのみが知ることだ。深い階層であればあるほどその間隔は長くなる傾向がある。

サルコスがアズリーの言葉に「そうじゃない」と首を振った。

黒と青が混じったような色の瞳が、もっと重要な案件だと語っている。意味深な視線をチエラに滑らせ、どうしようかと迷う素振《そぶ》りをした。

アズリーが眉間に皺《しわ》を寄せた。

「ここでは話しにくい。ちょっと場所を変えよう」

サルコスが親指を立てて背後を示した。

「……分かりました。では、チエラさん、また後ほど」

「あっ、はい。アズリーさんたちも挑戦がんばってください。期待しています」

チエラの言葉に、アズリーはにこりと微笑みで返した。

そして、何も言わず先を歩きだしたサルコスの後に続く。

真っ直ぐに向かった先は予想通り人がいないスペースだった。

アズリーの背中に寂しさが漂った。

＊＊＊

サルコスは自他共に認める歴戦《れきせん》の冒険者だ。堅実《けんじつ》で無茶をせず、仲間を第一に守ろうとする姿勢はタンクにふさわしいと評判だ。

ほかのパーティから引き抜きの誘いを受けることも多い。けれど、彼はそれを受けることはない。

所有する盾は、同じくタンクであった師匠《ししょう》から受けついだものだ。

滅多《めった》に出会うことのない、土蜥蜴《つちとかげ》と呼ばれる、土中に姿を潜めて獲物《えもの》を丸呑みする大型モンスターから獲《と》れる素材を、ミスリル金属に混ぜて作り上げた一級品だ。

遠く竜族の血を引く土蜥蜴の素材は、魔法に耐性があるため盾にするにはうってつけだ。

鎧も同様の素材で、これを突破してダメージを与えられる敵は迷宮内でも限られてくる。

年齢はアズリーやリーダーのヴィクターより随分《ずいぶん》年上だ。

冒険者稼業《かぎょう》の引退を考える年齢なのだが、経験と巧《たく》みな盾捌《さば》きで未だに第一線に身を置いていた。

アズリーが敬意を払い、冒険者ギルドでは誰もがその言葉に耳を傾ける。

そんなサルコスには誰も知らない大事な仕事が二つあった。

一つ目は、ヴィクターと良好な関係を築くこと。

そして二つ目が――

「アズリー様、お父上から『今回で最後にしろ』とのお言葉がありました」

自分が仕える主人の命を受け、アズリーを危険から守ることだ。

「やっぱり」と俯いたアズリーを見つめ、淡々と続ける。

「さらに、『十分にレベルは上がっただろう。王国でトップクラスだったヴィクターも限界だ。いい加減に父の下へ戻ってくれ』とのことです」

「……報告したのはサルコスでしょ？　屋敷にいるお父様がヴィクターの様子をどうやって知るのよ」

口調を真似て告げたサルコスに、アズリーは呆れた顔を見せた。

しかし、サルコスは微動だにしない。正面を無表情で見つめるだけだ。

二人とも当然のようにいつもの立場を逆転させて話す。

「これまでお嬢様《じょうさま》のご希望にかなり配慮《はいりょ》申し上げ、呼び戻されるまでの時間を稼ぎました」

「……それは感謝してる」

「ですが、私の目から見ても彼は限界です。今のヴィクターは正気を失っています。これ以上続ければお嬢様が命を落とす危険があります。いくら私でもミノタウロス複数を相手にしては守り切れません。欠けたメンバーの補充《ほじゅう》もできていないのです」

「もしダメだったとしても、復活の輝石があるわ」

「……お嬢様、蘇生アイテムの危険性はご存知のはず。お母上のことをお忘れになられたわけではありますまい」

サルコスが無表情を崩して呆れた様子を見せた。

意固地《いこじ》になった小さな娘をあやすように、膝を落として視線を合わせた。

アズリーは幼少時代から知る娘だ。主従関係で言えばアズリーが上だが自然と態度は言い聞かせる形になる。

アズリーの顔が、サルコスの憂《うれ》う瞳から逃げるように俯いた。

「人間の死という理《ことわり》を捻《ね》じ曲げるアイテムに危険がないわけがありません。使わないに越したことはないのです。ですから――」

「分かってる」

「お嬢様……」

アズリーがわざとらしくため息を吐いた。視線を逸らしたまま恥ずかしそうに言う。

「……困らせてごめんなさい。輝石の危険さも、お母様のことも忘れたことはないわ。ただ少し寂しかったの。今はこんな感じだけど、冒険者っていう身分がとても楽しかったから、とうとう終わりなんだと思うと悲しかったの」

サルコスが優しく目じりを下げた。

「……お強くなられたお嬢様であれば、冒険者をお辞《や》めになられてからも、好きな道を選べるでしょう」

「うーん……それはちょっと期待薄かな。お父様の下へ帰ったらどうなるかはサルコスだって予想がつくでしょ？」

「まあ、多少の自由は制限されるでしょう」

「多少で済めばいいけどね」

がっくりと肩を落としたアズリーの前で、サルコスが苦笑いしながら立ち上がった。

地面に置いた体が隠れるほどの盾を軽々と持ち上げ、「いずれにしろ、これで最後です。さあ行きましょう」と告げて歩き出した。

その先はヴィクターが待つ場所だ。

ヴィクターは最近、ほかのパーティとの関係を極力《きょくりょく》絶っている。

ミノタウロスをどう殺すか、どう突破するかしか頭にない様子で、集団から離れた位置で目をつむって壁に背中を預けていることが多い。

「ねえ、サルコス……今もお父様からヴィクターと良い関係を、っていう命令は出ているの？」

アズリーがちらりとヴィクターを盗み見して尋ねた。

「いえ、前回の報告時に撤回《てっかい》されました。残念ですが彼では務まらないだろうとご判断されたようです。今の仕事はパーティを瓦解《がかい》させないようにすることです」

「どうして？」

「お嬢様を守るためです。人間一人一人の力はモンスターに及びません。ですが強い人間が集まったパーティはより強力なモンスターと戦えます。裏を返せば、強い人間が周囲にいることでお嬢様の身が守られます」

アズリーが「それは……」と嫌そうな顔をして、サルコスの横顔を窺った。

「私はそういう考え方は好きじゃない……私だけ守られるっていうのは……」

「お嬢様が気になさる必要はありません。これはお父上のご指示で、私に課せられた仕事なのです」

きっぱりと言い切ったサルコスは歩を進めながら、遠くで手を振る冒険者に軽く応じた。知り合いだろう。周囲と良好な関係を築いてきた男には誰もが一度は世話になっている。

手を振った冒険者もその一人に違いない。

ヴィクターには華《はな》があり有名だが、大勢の信頼を得ているという意味ではサルコスが遥かに上だ。

「さっきの人誰なの？　見たことない」

「かなり前になりますが、上の階層のボスに負けてしまったと相談に来たパーティです。初めて自信を失いかけたそうですが、ウィルオウィスプは強敵ですから。酒場でたまたま話を聞いただけなのですが、なぜか好かれてしまったようで……武器の手入れなどよく相談されるようになりました。ここまで来たところを見ると、彼らは折れなかったようですね」

「……相変《あいか》わらず知らないところで面倒見がいいのね。まあサルコスって冒険者歴長いからそういう相談をするには適任だと思うけど。そういえばどれくらいになるんだっけ？」

「あくまで腰かけですが、お嬢様の倍以上に長いかと思います」

「そんなになるんだ……」

アズリーは小さく唸りながら考える。

実のところ冒険者稼業を長く続けている人間は少ない。

大きな問題があるからだ。

ある程度の年齢になると突然姿が消えるのだ。何の前触《まえぶ》れも、予兆《よちょう》もなく、ある日忽然《こつぜん》といなくなる。

手紙が残っているケースは一つもなく、トラブルもない。そして、その場で死んだわけでもなく、死体が発見されたことは一度もない。

人間の寿命が極端《きょくたん》に短いわけではない。長生きする人間もいる。

しかし、冒険者や傭兵《ようへい》、憲兵、それに準《じゅん》ずる職業に就《つ》いた人間に限っては長生きして生き残っている者が非常に少ない。

命が危険にさらされる仕事だという理由だけでは説明しきれないほどに。

だから、ある年齢に達すると辞める者が多い。

冒険者を見回しても、一定以上の年齢の人間はまず見当たらない。残っていないと言った方が正しいかもしれない。

ほとんどが十代から三十代。四十代後半のサルコスはかなりのベテランに数えられる。

忽然と消える現象について、国やギルドは昔から調査を行っているが、全く解明はなされず公式な見解《けんかい》は発表されていない。

単に嫌気《いやけ》が差して他国に逃げたのだろうと笑う者も多いが、いざ自分がその年齢に差し掛かると、怯えるようになるのだ。

「『神隠し』……か」

ぼそりとつぶやいたアズリーの言葉にサルコスが反応した。

「俗にそう呼ばれているのは存じております。それを一部の冒険者が恐れていることも」

「サルコスは怖くないの？」

「私は、『神隠し』には遭わないだろうと思っておりますので」

「えっ？」

アズリーが言葉を失って立ち止まった。

自分の身に降りかかれば、抗う術《すべ》が無いと考えられている『神隠し』。

誰もが心の片隅《かたすみ》で恐れる現象をサルコスは恐れていないと言う。強がりや見得《みえ》を張る人間ではないため、本音《ほんね》に違いない。

アズリーがサルコスのあとを追って声を潜めた。

「もしかして何か知ってるの？」

言葉はすぐに返ってこなかった。

サルコスがゆっくりと立ち止まった。振り返った顔は青白く、銀鎧を身につけた幽鬼《ゆうき》のように見えた。

熱気あふれる場所でアズリーに音もなく近寄ると、誰かに聞かれることを恐れるように、すばやく耳元に口を近付けた。

「誰もが魔法を使い過ぎなのです」

アズリーはとっさに意味が分からなかった。

しかし、どんな凶悪な敵の攻撃も最前線で受け止める戦士が、何かに怯えているように見えた。

アズリーは深く考える。魔法を使い過ぎるという意味を。

冒険者、傭兵、憲兵といった戦いを生業《なりわい》とする人間が『神隠し』という現象に遭う理由を。

サルコスはタンクだ。

攻撃や回復といったいずれの魔法も使用しない。自分の防御力を上昇させるスキルを使い、巧みに盾で捌くだけだ。そこまで考えて言いたいことの一部を理解した。

――魔法を使わない自分は『神隠し』という現象から遠い。つまり、魔法を使えば使うほどその人間には危険が迫ってくると言っているのだ。

アズリーは言葉を選んで再び問いかける。

「証拠は？」

「……ありません。ですが、自分は確信しています」

「何かを見たのね？」

「……私が長生きできれば、それが証拠です」

サルコスはそれ以上語らなかった。

目に見えない何かを恐れる態度が雄弁《ゆうべん》に心中を語っていた。

第二十八話　もう一つの戦い

「来るぞ！」

サルコスが声を張り上げた。

投擲された手斧が空気を切り裂く音を響かせると同時に、アズリーは戦士顔負けの速度で横に跳んだ。

満足に体勢を整える時間は無い。すぐに立ち上がり、一方向に駆け出した。

「まったく変わらねえな」

余裕をもってかわしたヴィクターが吐き捨てるようにつぶやいた。

同じ戦法で勝てると思われているのか、これ以外の攻撃パターンが無いのか。

ミノタウロスの先手は毎回同じだ。

開幕早々に数匹が手斧を投げ、あわよくば仕留めることを狙いつつ、慌てた冒険者たちの陣形をバラバラにするのだ。

その後、数の多さを活かして最も孤立《こりつ》した冒険者に複数で襲いかかる。

逆に言えば、初《しょ》っ端《ぱな》の投擲さえ避ければ戦闘を有利に進められる。

防御の薄い魔法使いには危険だが、来ると分かっていれば回避《かいひ》も不可能ではない。

アズリーがちらりと全員の無事を確認した。

戦士として図抜《ずぬ》けたヴィクター、タンクのサルコス、そして補助系魔法の使い手のダンがミノタウロスの動きを確認しつつ駆け出した。

初撃はかわせたがここからは余裕が無くなる。

敵が逃がすまいと進路を曲げて追いかける。速度は出ていない。短距離走なら冒険者に軍配《ぐんばい》が上がる。

「絶対に止まるなよ。足を止めれば捕まるぞ」

経験豊富なサルコスが発破《はっぱ》をかけた。最も重装備の彼はアズリーの背中を守るように最後尾へと素早く下がっていく。

隠し持っているかもしれない敵の投擲武器を警戒したのだ。

「ヴィクターさんっ！」

ヴィクターが突然速度を上げた。

後ろを駆けていたダンが悲愴《ひそう》な声をあげた。ダンはヴィクターを崇拝《すうはい》に近いほど頼りにしている。どこに行ってもトップクラスの戦士は彼の憧れだ。

だがヴィクターは後ろを追いかける仲間も方向転換する敵も無視して、最奥に鎮座《ちんざ》している大きなミノタウロスを睨みつけた。

「今度こそ殺してやる」

呪詛《じゅそ》に似た声が漏れた。仲間の声は耳に届かない。

流れる動きで腰に佩《は》いたロングソードを抜き放った。全長九十センチほどの刀剣が、きらめきを放ちながらヴィクターの意のままに軌跡《きせき》を描いた。

貴様さえ殺せば。そう語る瞳は鬼気迫《ききせま》るものだ。

アズリーは無言でヴィクターの背中を見つめ、見ていられないとばかりに視線を落とした。

ダンは悔《くや》し気《げ》に顔を歪め、ヴィクターに攻撃力と防御力を高める補助魔法をかけた。ほんの少し何かを期待する視線を向けた。

しかしヴィクターは一度も振り返らなかった。準備が整ったとばかりに速度を上げて、一直線にミノタウロスを急襲《きゅうしゅう》する。本気の走りはたちまち三人を突き放した。

「……やはりこうなったな」

サルコスが諦観《ていかん》の表情で言った。

再挑戦の前に、彼はヴィクターに作戦を変えるべきだと何度も主張した。

――消耗《しょうもう》する前に敵の頭を一騎打ちで倒し、戦意をくじかせてから残りの雑魚《ざこ》を順番に撃破する。だからしばらくお前らだけで耐えてくれ。あいつだけはほかのミノタウロスが手助けしない。俺が必ず殺してみせる。

強い執着を感じさせるヴィクターの言葉。それは確実に勝てる保証の無い敵に一対一で挑むという無謀な作戦だった。

自分の力を過大《かだい》評価するリーダーをサルコスは必死に諫《いさ》め、再考を求めた。

そんな無謀な戦いを作戦とは呼ばない。それを何度失敗したと思うんだ、と。

「ダン、目くらましを」

「……了解」

瘦身《そうしん》のダンが杖を掲《かか》げて寂しげに呪文を唱《とな》えた。

《水魔法》中級で使える《ミストエリア》。

周囲に噴射されるように広がる濃い霧が、三人の姿をみるみる隠した。鎧やローブが一気に湿《しめ》り気《け》を帯びる中、サルコスの低い声が見通せない視界の中で響いた。

「こうなった以上は仕方ない。我慢比べだ」

全員が気配を殺し、迂回《うかい》するように来た方向へ戻る進路を取った。

あえて盛大《せいだい》に追いかけっこをして敵に自分たちの進路を印象付け、急な目くらましを使用して敵の視界を絶ち、真逆《まぎゃく》に移動する作戦だ。

ヴィクターがパーティから離れた以上、接近戦で決定打を打てる人間がいないために選んだ苦肉《くにく》の時間稼ぎだ。

三人で残りのミノタウロスと戦うことは自殺行為に近い。ヴィクターに賭《か》けて好転するタイミングをひたすら待つしかない。

自らの視界すら不確かな状況下で、もし離れ離れになれば死が待ち受けるだけだ。

特に魔法使い二人は絶望的だ。

以前ならサルコスが防御を固めつつ、ジェリタの攻撃魔法で大ダメージを与えることができた。

アズリーは失った仲間を思い出し、ほぞを噛んだ。補助、回復、そしてタンク。アズリーも攻撃魔法を使用できるが、中級までしか使えない。

「私がもっと強い魔法を――」

「静かに」

自責《じせき》の念を口にしかけたアズリーをサルコスが制した。そのまま指先をとある方向に固定する。

すぐ近くをミノタウロスが探し回っていると示すハンドサイン。

慌てて口をふさぎ、目を凝らした。

アズリーには姿が見えない。先頭を歩くサルコスのみが探知《たんち》しているのだろう。

自分も何か手がないだろうか。

うかつに居場所を教えることは危険だと分かっている。

しかしヴィクターの様子も分からず、濃い霧の中で姿を隠すだけの状況は、アズリーの精神力を容赦《ようしゃ》なく削っていく。

今にも真横から牛のような顔がぬっと現れ、長い両手用の戦斧を振り下ろしてくるかもしれないのだ。

（……怖い）

広い空間に刃物が激突《げきとつ》する音が響いた。

アズリーは体を強張らせた。

距離は遠かったようで小さく安堵の息を吐きだした。ヴィクターが大きなミノタウロスと刃《やいば》を交えているのだろう。

冒険者をしていれば危険な場面は数多《あまた》ある。己よりも強い敵や遥かに巨大な敵に出会うことも珍しくはない。

けれど、戦力差がある敵と逃げ場のない空間に閉じ込められ、さらに視界を失うという状況は、じわじわと恐怖を募《つの》らせた。

目に入った霧が何かの拍子《ひょうし》に人型に見えた。アズリーが思わず息を呑む。ジェリタを失うことになったシーンがフラッシュバックした。

それはヴィクターがミノタウロスに力負けし、吹き飛ばされたことに気をとられた瞬間だった。

三匹の猛攻を受けたサルコスが息も絶《た》え絶《だ》えに崩れ落ち、ダンが杖で一匹の攻撃を受け止めようとしたとき──ジェリタの首が宙を舞ったのだ。

何かが飛んだ、とアズリーが見上げた先で、悲愴な表情のジェリタと目が合った。

同時に華奢《きゃしゃ》な胴体に戦斧の刃が二枚食い込み、体の中ほどまで切り裂かれた彼女は血の雨を降らせながら、壊れた人形のようにくるくる回って崩れ落ちた。

物言わぬ死体となった彼女の泣き叫ぶ寸前の瞳は極限まで見開かれていた。

今も鮮明に覚えている。二つの黒い眼窩《がんか》が霧の中に隠れている気がした。

「うっ」

アズリーはのどの奥の酸《す》っぱさを必死で飲み込んだ。

胃がひっくり返ったように気持ち悪くなって、慌てて片手で口を押さえようとした。

その時だ。

「──ぁっっ」

順調に目の前を歩いていたダンがくぐもった声をあげて倒れた。

みるみる霧が薄くなった。

アズリーの心臓が嫌な音を立てて跳ねあがった。

程なくして視界に入ったものは、膨れ上がった筋肉を無理やり押し込んだような体のミノタウロスたち。手斧を持つ者も戦斧を持つ者も、浅黒い肌に水滴が浮かんでいた。

八匹のミノタウロスの位置はバラバラだった。散らばって探していたのだろう。

遠くでは未だにヴィクターが激《はげ》しい戦いを繰り広げている。右に左にかわしつつ隙を見つけて攻撃を繰り返していた。

明らかに劣勢《れっせい》だ。

迫りくる凶悪な斧を何とか受け流して何度も距離を取っている。横顔が苦し気《げ》だった。

「くそっ、まぐれ当たりか」

サルコスが舌打ちした。

ミノタウロスの中に手斧を投げ終えたあとの姿勢で停止している者がいた。

分かりにくいが驚いているように見えた。

顔がゆっくりと邪悪な笑みへと変化していく。まるで、「そこにいたのか」と喜悦《きえつ》の表情を浮かべているようだ。

サルコスが素早くダンに駆け寄った。動けないアズリーを「早く」と手招《てまね》きして呼んだ。

「しっかりしろ、ダン。アズリー、《ヒーリング》を」

「うん。聖なる光よ、《ヒーリング》」

アズリーは急激に湧き上がる恐怖をなんとか抑えつけて膝をついた。温かい光に包まれた右手をダンに当てた。

傷口は血を後から後から吐き出していた。優秀な回復役の魔法が立ちどころにそれを塞《ふさ》ぐ。

二人の表情が幾分ほっとしたものに変わり、青白い顔のダンが弱々しく礼を述べた。

サルコスが険《けわ》しい顔つきでせかした。

「ダン、寝ている暇はないぞ。もう一度目くらましを。私が何とか時間を稼ぐ」

「……分かった」

決死の覚悟で盾を体の正面に構えたサルコスが、アズリーの肩を借りて立ち上がるダンを横目で確認した。

年長者の落ち着き払った視線に応えるように、浮き足立っていたアズリーとダンが表情を引き締めた。

サルコスが「それでいい」と頷いて言う。

「なるべく早く頼むぞ。さすがに保《も》たない」

「分かってる」

ダンが頷く。アズリーがここぞとばかりに声を上げた。

「私も魔法で援護するわ」

「やめてくれ。二人も標的《ひょうてき》にされたら守り切れないんでな」

「でも、サルコスだけじゃ……」

「なら、ダンを早く回復させてやってくれ」

サルコスは問答を素早く打ち切った。

巨大な盾の重みをものともせず勢いよく駆け出した。もう遠慮する必要はない。がしゃがしゃと高らかに鎧を鳴り響かせ、腹に力を込めて声を張り上げた。

「かかってこい！　のろまな牛ども！　私はここだ！」

これがタンクの仕事だと示すように、己の胸を叩いてミノタウロスの注目を一身に集めた。

盾を地面に突き刺し、腰を落として構えながら背後のアズリーに素早く視線を送る。

——私が死にます。

長い付き合いのアズリーには言いたいことがすぐに分かった。諦観した顔が証拠だった。

誰かが死ぬか、ミノタウロスを全員殺すかしなければ出られない部屋。

冷静に状況を俯瞰《ふかん》すれば、ヴィクターがミノタウロスに勝てる見込みはない。仮に勝てたとしても疲弊《ひへい》しきった状態での連戦は厳しい。

どちらにしろ結果は変わらないのだ。

それならば、ヴィクターには悪いがこの部屋を早いうちに脱出してしまった方が良いという最年長者の判断だった。

「私がやるわ！」

アズリーは反射的に叫んだ。

死ぬのは楽じゃない。ジェリタのような死に方をすると考えると勝手に膝が揺れた。

無理やり味わわされる肉体的なダメージと精神的なダメージ。

特に精神に与える影響は測り知れない。恐怖のあまり、ボスに二度と挑むことができなくなった冒険者は珍しくない。

加えて死による予測できないリスクもあるだろう。次は高価な復活の輝石が無ければ生き返れないというペナルティもある。

死んで良いことは一つもない。

それにサルコスは前回の挑戦で一度死んでいる。生き返るために最初からアイテムを計算に入れているのだ。

――自分はまだ一度も死んだことがない。

目線で伝えたアズリーに、タンクの男は「それは認められません」とばかりに首を振った。

「蘇生アイテムは危険だって言ったところなのに……」

アズリーが無念そうに唇を震わせた。

と、その時だ。

サルコスの両の瞳が見てはならないものを見たように大きく見開かれた。

弾かれるように盾をその場に放り出し、体を反転させて走り出した。足がもつれて倒れかけたのを立て直し、必死に叫んだ。

それは急を告げる言葉だった。

「お嬢様っ、逃げてください！」

「……えっ？」

冷静さをかなぐり捨てて、必死の形相で睨みつける先はアズリーの頭上だ。

アズリーが視線を追って見上げた。

重量のある何かが地響きを立てて落ちてきた。

「十匹目っ⁉」

たとえ一瞬でも緩んだ気持ちは戦場で命取りとなる。歴戦の勇士、ベテランであっても集中力を永遠に維持することは不可能だ。

それでもアズリーの対応は早かった。経験を活かし、即座に飛び退《の》こうとした。しかし、その場には力を失ったダンがいた。

自分が避ければダンが死ぬ。頭をよぎった思いが彼女の選択肢を限定した。

――それなら受け止めてみせる。

目の前で振り上げられた戦斧を止められるかは分からない。自信はなかった。けれど余計なことを考える暇はない。

その瞬間、アズリーは恐れを感じなかった。

両手で支えたロッドにすさまじい重みがかかった。腕が折れたと錯覚《さっかく》するほどの衝撃《しょうげき》だった。

生じたわずかな抵抗。ロッドの柄がほんの一瞬耐えた時間だった。

両腕が途方もない力で外側に弾かれた。銀閃《ぎんせん》が目の前を高速で通り過ぎた。

そして、がりがりと体の内部で不快な音を聞いた瞬間、灼熱《しゃくねつ》のごとき胸の熱さを感じた。

何が起きたのかすぐに理解した。当然の結果だった。

「みんな、ごめんね……」

アズリーはぐらりと膝から崩れ落ちた。

＊＊＊

「くそっ！」

なりふり構わないサルコスの体当たりが、低く不気味な声で嗤うミノタウロスを横から吹き飛ばした。

腰に差していたショートソードを抜き放ち、無様に転倒した敵の上へ跳びかかった。低確率だが麻痺を与える武器を、力いっぱい突き刺した。

膨れ上がるミノタウロスの筋力に必死に抗い、脇腹《わきばら》に繰り返し刃を差し込みながら叫んだ。

「ダンっ！　傷を塞いでくれ！」

おぼつかない足取りの魔法使いが、よろめきながらアズリーに駆け寄った。

残りのミノタウロスたちはあざ笑うように、光彩の無い漆黒の瞳で眺めている。無駄な努力だと言いたいのだろう。

回復魔法を使用できないダンはアイテムボックスから回復薬を取り出した。

力を失ったアズリーの体勢を何とかあお向けに変えて息を呑んだ。体には見事に真っ赤な縦線が描かれていた。

ローブが切り裂かれ、筋肉がぱっくりと口を開けていた。

思わず目を背けかけたダンだが、アズリーはまだ生きていた。横たわって荒い息を吐きながら仲間のことを問いかけた。

「……ダン、サルコスは？」

「ミノタウロスと格闘中だ」

うつろな目がふっと微笑むように細められる。

「ヴィクターは？」

「戦闘中だ。まだがんばってる」

ダンはヴィクターが戦っている方を見つめる。視線を戻すと、サルコスがミノタウロスに撥ね返されていた。

元々、力勝負を挑める敵ではない。こうなることは当然だった。

「ダン、調子は？」

「最悪だよ。でもまだやれる。ヴィクターが負けてないのに俺が死んだら恨まれるしな。絶対に口をきいてくれなくなるって」

ダンはゆっくりと近付いてくる残りのミノタウロスを眺めた。

死を運ぶひたひたという足音と、にぶい銀光を放つ戦斧が残り時間を宣告していた。

もう間もなく、誰かの命が潰《つい》えるだろう。

おどけた言葉とは裏腹に、ダンは苦笑いを浮かべる余裕もなかった。

どんなに足掻《あが》いても逆転の手はない。そう思っていた。

「……じゃあ、私も死ねないね」

最も死に近い魔法使いはそうつぶやいた。命の灯《ともしび》が消えようとするわずかな時間の中、右手が何かを探している。

「どうした？」

「腰に魔法銃ある？」

「これか？　お前、こんなの持ってたか？」

はだけたローブの合間《あいま》に手を突っ込むと、銀色に輝く魔法銃が出てきた。虚空に伸ばされたアズリーの手がひらひらとそれを求めていた。

ダンは訝《いぶか》しく思いながら握らせた。

アズリーが弱々しく微笑む。

「そんなのどうするんだ？」

「……助けてほしいって頼むの」

「魔法銃ごときで助かるのか？」

「……大魔法使いのみぞ知るって感じかな」

瀕死の魔法使いは震える腕を天井に向けた。今か今かと銃口が口を開けている。

アズリーは一人の人物を思い描き――

トリガーに指をかけた。

第二十九話　大魔法使いの魔法

（そういえば魔法銃って狙いをつけなくていいのかな？　初めて使うからよく分からないや）

アズリーの目の前で手のひらより大きな魔法銃が光を反射していた。持っているだけで力の入らない手がぶるぶると震えた。

流れ出す血液から漂う鉄の臭いが充満《じゅうまん》する中、ひんやりとした武器は頼もしかった。

怖さも諦めも不思議と消えてなくなった。

（死ぬ間際《まぎわ》ってこんな感じかな）

一階層で出会った時のことを不器用そうに話して頬を掻いていた冒険者がすぐ近くで見守っているように思えた。

いくよ。

アズリーは胸の内で告げ、大魔法使いの禁忌の魔法を使用すべくトリガーに指をかけた。

軽い弾力がいつでも発射可能であることを教えていた。

――カチン。

小さい火打石でも当てたような控えめな音がした。

体を起こしたかったが力が入らなかった。

何か変化が起こったのかと耳を澄ませたが、聞こえるのはミノタウロスの息遣いと剣戟《けんげき》の音だけだ。

（あれ？　あっ、そういえば二回引くんだっけ）

立て続けに二度引けと言われていたことを朦朧《もうろう》とする意識の中で思い出し、再びトリガーを引いた。

すると――

天井を眺めるアズリーの視線の先に、拳大《こぶしだい》の火種が現れた。随分と小さい塊《かたまり》だ。

失敗かな、と考えたのもつかの間。アズリーは見たこともない現象に目を見開き、意識を覚醒させた。

体が激痛《げきつう》を伝えたが、瞳は一点を見つめ続けた。

火種を取り囲むように、数えきれないほどの火が次々と生まれた。数多生じる赤が天井を照らし、仲間を照らし、ミノタウロスの意識を引き付けた。

アズリーの隣で、ダンが「魔法……なのか?」とつぶやいた。

遅れてできあがった火が、最初の火種に炎の線を伸ばした。真っ直ぐな炎の橋が空中に描かれ、あたりが燃えるように照らされた。

吸い取られるかのごとく、周囲の火種が小さくなった。生み出した炎が最初の火に喰われているようだ。

「なに……?」

無数に浮いていた赤い光が一つ、また一つと消えた。

代わりに中心で成長する炎の塊がさらに膨張《ぼうちょう》した。

「えっ……」

まさかこのまま膨れ上がっていくのでは、とアズリーが考えた時だ。まばたきをするようなわずかな時間に、一瞬にして拳大の炎に戻った。

それは敵を殲滅する準備が整ったという証。急激な収斂《しゅうれん》は次に来る攻撃の合図だ。

そして——

抑え込まれた力を全力で撥ね返すように、すべてを焼き尽くす業火《ごうか》が膨れ上がった。

赤い雷が走り抜けたかのごとき炎の奔流に、目の前が明滅した。遅れた轟音《ごうおん》が鼓膜《こまく》を打ち鳴らす。

反射的に誰もが耳をふさぎ、目を閉じた。

極限まで圧縮《あっしゅく》された火が途方もない熱量を伴《ともな》って爆発し、閉鎖された空間に終焉《しゅうえん》を告げる音を響かせたのだ。

この世界の魔法は『初級』から始まる。

そこから『中級』を経て『上級』に到達する。さらに、伝説に名を残す偉人《いじん》ともなれば、その上の『達人級』のスキルを有していることが多い。

しかし、使い手がほとんどいないために、このクラスのスキルの研究はほとんど進んでいない。どんな魔法があるかも分かっていない。

だから、誰もが考えている。

——『達人級』に到達できれば終わりだ、と。

だが事実は異なる。『達人級』にはさらにその上がある。それが『神級』だ。

サナトが初めて全体攻撃として使用した《フレアバースト》がまさしくそれだった。

形状を変更し攻撃力を極限まで上昇させた全体攻撃魔法。

誰も見たことが無い《フレアバースト》は、すべての段階を無意識に飛び越えていたのだ。

＊＊＊

はらわたが煮《に》えくり返るような怒りを覚えつつも、ヴィクターはそれ以外の言葉が出てこなかった。

——強い。

一際《ひときわ》大きなミノタウロスが振るう戦斧が頭上を猛スピードで走り抜けた。頭髪が数本切られて舞い、背筋が凍りつく。

しゃがむのが一瞬遅ければ上半身が真っ二つになっていただろう。

正面から受け止められるか、と考えて、「無理だ」と答えが出た。

(くそっ！)

ヴィクターは唇を噛んだ。

少し前はこんなに臆病《おくびょう》ではなかった。

猛攻であれば猛反撃を。隙をつく攻撃ならその上を行くカウンターを。どんな攻撃でも、敵のすべてを上回ってきた。

だが、仲間に切った啖呵とは裏腹に目の前のミノタウロスに対しては挑戦心が湧いてこない。

そんなものはすでに木っ端《こぱ》みじんにされていた。

残っているのは恥をかかされたという憤《いきどお》りと、パーティのリーダーとして引き下がることはできないというプライドだ。

ヴィクターは歯を食いしばった。

目の前には超重量の斧を振り切った直後の隙。がら空《あ》きと見て、研《と》ぎ澄ましたロングソードを横っ腹に突き刺すべく、全力で持ち手を前に突き出した。

驚くほどの速度で戻ってきた戦斧の柄が銀剣を弾いた。手が痺れ、体ごとその場からずれそうな衝撃が伝わった。

「化け物め……」

憎々《にくにく》しげに毒づきつつ、ヴィクターは背後に跳んで距離を取った。

(レベル差があってこれかよ……だからモンスターってやつは卑怯《ひきょう》なんだ)

ギルドに残っている古い文献《ぶんけん》によれば、ここのミノタウロスはレベル20を超えた程度。

突破するためには、冒険者は最低でも20台後半は必要だ、というのが冒険者の共通認識。

生まれ持った資質や筋力、魔法力が人間を上回るために、同レベルで比較すれば必ずモンスターが上回る。

それゆえにレベルとパーティが必要なのだ。

（こいつさえ殺せれば……）

ヴィクターは数回の戦いで見抜いていた。ミノタウロスの中に亜種とも呼べる者が混じっていることを。

異質にして異常。

冒険者との戦いに手を貸さず、一番後ろに陣取《じんど》って傍観者《ぼうかんしゃ》を気取る一匹。己の仲間を突破して近付かなければ、動こうとしない者。

リーダーに違いない。

そう判断し安易《あんい》に突撃した一度目は完膚《かんぷ》無きまでにたたきのめされた。ジェリタが死んでいなければ、遅れてヴィクターが命を落としていただろう。

その事実が怒りに火をつけた。あの時のあざ笑うようなミノタウロスの黒い瞳は忘れられない。

軽くあしらわれたあげく己の評判は地に落ちた。

復讐《ふくしゅう》を誓って挑戦したものの、二度目、三度目も結果は同じだった。

負けるたびに「こいつは無理だ」という気持ちが湧き上がった。

ヴィクターは必死に見ないふりを続けた。徐々に膨れ上がる気持ちに背を向け、俺が負けるはずがないと言い聞かせて、ミノタウロスに何度も剣を振り続けた。

幼少時代から長年磨いてきた《剣術》。ギルドの誰もが賞賛してやまない剣捌き。

鼻高々でモンスターを仕留めてきたその剣が――

（通用しねえ……）

鍔迫《つばぜ》り合いを押し切られ、ヴィクターは再び後方に飛び退いた。敵はニタニタと嗤いながら眺めている。また同じ顔だ。

いい加減に愚かな挑戦者として顔くらいは覚えたのかもしれない。

（どうするか……）

門の外に放り出されていない以上、仲間がまだ生きていることは間違いない。

全員がヴィクターの作戦をしぶしぶ受け入れ、逃げ回りながらも反攻の機会を待っているはずだ。

ヴィクターは頭を悩ませたが、ミノタウロスを倒す手段は無かった。

後ろに回り込めば敵はそれ以上の速度で振り向き、短剣の投擲は悠々とかわされ、力比べでは数秒で押し負ける。

もしも戦斧の一撃を受ければ、回復薬では間に合わないほどＨＰが削られるだろう。

小細工のアイテムも役に立たない。ダンの補助魔法の力を借りてすら、この状況だ。

ジリ貧《ひん》だな――と諦めの表情が浮かんだ。

と、その時、目の前にいたミノタウロスの両手両足に光の輪が浮かび上がった。

両手首がぶつかるにぶい音とともに、今度は両足首が強制的に互いを引っ張るように揃えられ、バランスを崩した敵が盛大に前に倒れた。

混乱するヴィクターは、ふと気付いた。

「《封縛《ふうばく》》？」

憲兵が犯罪者を拘束する魔法だ。それが手首と足首を封《ふう》じている。

ミノタウロスの自作自演ではないか、と訝しむ気持ちが浮かんだ。しかしそれはないとすぐに否定する。

わざわざやられたフリをして油断を誘う必要がない。敵が圧倒的に優勢《ゆうせい》なのだ。

ヴィクターはこのチャンスに攻撃することを躊躇した。罠かもしれないと考えたのだ。

この状態なら一方的に攻撃できる。安全策を取って魔法で遠距離攻撃を行うべきだ。そう思って近くにいる仲間を探すと、予想外の光景が飛び込んできた。

「嘘だろ……」

逃げ隠れするためのダンの霧が晴れかかっていた。

だが驚いたのは、全てのミノタウロスの両手両足に《封縛》がかかっていたことだ。

ヴィクターは混乱した。仲間に《封縛》を使える者は皆無だ。元憲兵もいない。

横目で窺うと、最悪の敵は地を這う幼虫のように足掻《あが》いている。

光彩の無い黒い瞳が見開かれ、丸太のような腕はさらに太く隆起《りゅうき》していた。明らかに《封縛》を打ち破ろうと抵抗していた。

けれど、きらめく光の輪はびくともしない。

（こいつらを長時間止められる魔法だと？　どうなってんだ？）

攻撃か、仲間と合流するか。

再び迷ったヴィクターは視界に入った更なる異常に顔を上げた。天井が真っ赤に燃え上がっていた。

正体は無数の火の玉だ。中心で巨大な炎の塊が周囲の火の玉を次々に呑み込んだ。

そしてヴィクターの体は赤き閃光に覆われた。

第三十話　別れと気付き

「おいっ！　どうなってんのか説明しろ！」

唐突《とうとつ》に死闘《しとう》を終わらされたヴィクターが、大股《おおまた》で三人に近付いた。目は吊《つ》り上がり、ロングソードは抜き身のままだ。

俺は納得できていないとばかりに、最も傷の浅いサルコスに詰め寄った。

「今のはなんだっ⁉」

「……アズリーが使った魔法銃の効果だそうだ」

「なんだと？」

獲物を睨《ね》め付けるような瞳がいまだに横たわるアズリーに向けられた。

視線の先では血の気の引いた顔のアズリーがよく分からない笑みを浮かべている。腕が力なく体の横に投げ出されて、ひびが入った魔法銃を握っていた。

「こんなのないよ」という言葉が聞こえた。

苛立たし気に近付こうとしたヴィクターの前に頑丈な鎧姿のサルコスが割って入る。

「待て、まだ回復中だ」

「……ちっ」

ボス部屋を突破できれば部屋で負ったケガは自動的に回復する。速度は遅いがＭＰが残っていなくとも治癒が始まるのだ。

傷の深かったアズリーは時間がかかっていた。

怒りのぶつけ先を無くしたヴィクターが再びサルコスを睨む。

「何の魔法だ？　知らない魔法だったぞ」

「アズリーの話ではトリガーを二回引いたらしい。一度目はおそらく《封縛》……まあ、そうだろうとしか言えないがな」

サルコスは乾いた笑みを浮かべて続ける。

「接触せず、しかも同じタイミングで複数に《封縛》ができるとは聞いたことがない……」

「しかもミノタウロスの抵抗を少しも許していませんでした」

瘦身のダンが「有りえない」と首を横に振って言った。

ヴィクターは二人の落ち着き払った態度に一気に怒りを再燃させた。ダンに掴みかかり、血走った目を向けた。

「《封縛》はどうでもいいんだ。俺が知りたいのはその後だ！」

赤い閃光が広がったあとに見た光景を思い出す。

あれだけ手こずったミノタウロスが光の粒子へと姿を変えたのだ。それも全員が同じタイミングで溶けて消えた。

今までの自分の激闘《げきとう》は一体何だったのかと、怒りの炎がめらめらと燃え上がった。

「魔法に一番詳しいのはお前だろ。なにか知らねえのかっ！」

胸倉《むなぐら》をつかまれて引き寄せられたダンが「知りません」とぼそりと答え、ヴィクターが舌打ちをして乱暴に手を離した。

「落ち着け、ヴィクター。とにかく《火魔法》の一種だろうってことしか分かっていない。ダンも同意見だ。そして……確かなのはあの一発でミノタウロスは全滅したってことだ」

「そんなことは分かってる！　だから何の魔法だったのかって聞いてるんだっ！」

「大魔法使いの魔法みたいよ」

三人の後方でアズリーが立ち上がった。足元はおぼつかないものの表情は晴れやかである。


「良かった」と表情を緩めたサルコスとダンの間を抜けて、ヴィクターが近付く。

「大魔法使いだと？」

「ええ。もう引退された、とかだったかな」

「……その魔法使いの名前は？」

「知らない」

アズリーは肩をすくめた。

「じゃあ銃に込めてた魔法の名前は？」

「《封縛》だったんでしょ？　私は見てないけど」

「違う。その次の《火魔法》だ」

「知らないわ」

アズリーは涼しい顔で淡々と事実を告げた。

ヴィクターが「なんだそれは」と皮肉気《ひにくげ》に顔を歪めた。

「使ったお前がなんにも知らなかったってことかよ。よくあの場面で、そんな危険なおもちゃを使えるもんだな」

「……でも結果的に誰も死なずに済んだじゃない。ようやくミノタウロスを突破できたんだから喜ぶべきでしょ。大魔法使いさんに感謝しないと」

「アズリー、お前どうやってその大魔法使いと知り合いになったんだ？　魔法銃なんて持ってなかっただろ」

「ん？　それは内緒」

「危険な魔法を勝手にぶっぱなしといてそれはないだろ。だいたいそんな武器を持ってるなら、最初に俺に報告しておけば他の作戦だって考えられたんだ」

「……それをヴィクターが言うんだ。散々私たちの話を無視しといて」

呆れ声をあげたアズリーに、サルコスが同意して深く頷いた。

ダンが痛ましそうに様子を眺める。

「ちっ……だが俺の戦いに横やりを入れたってことには間違いない」

「横やりって……あんなに押されてたのに？　助かってほっとしてるのかなって思ったけど」

「なんだとっ⁉　俺がそんなこと考えるわけないだろうが！　あと少し時間があれば、やつを真っ二つにしていたんだ！」

唾を吐く勢いで真逆のことを言い放ったヴィクターに、アズリーとサルコスが憐憫《れんびん》の視線を向けた。

その表情が気に入らなかったのか、ヴィクターがさらに言葉を重ねようと口を開いた。

しかしダンが「まあまあ」と軽い調子で仲裁する。

「と、とにかく……ボス部屋は突破したんですから、次の階層にマーキングだけ済ませていったん地上に戻りましょう。アイテムの補充だってありますし、僕もへとへとです」

「それがいい。みんな疲れている。納得がいかないなら再挑戦すればいいだけだ。次は大魔法使いとやらの魔法に頼らずにな」

後を継いだサルコスの言葉に、ヴィクター以外の二人が我が意を得たりと頷いた。

そして開いた出口に向かって無言で歩き出した。

一人残されたリーダーがしぶしぶ後に続いた。


三十一階層に目印の金属棒を打ち込み、四人はようやくダンの《移動魔法》で最上層に戻った。

洞窟の出口を抜けるころ、手こずった階層を突破したという事実をじわじわと実感したヴィクターが表情を和らげて言った。

「どっか、飯でも行くか？」

「それはいいですね。一か月くらい戦っていた気がしてお腹が減っちゃって」

素早く流れに乗っかったダンをよそに、残りの二人は無言だ。

目配せの後、サルコスが前に進み出た。思いもかけない真剣な表情に緊張感が漂う。

「ヴィクター、今まで世話になった。だが、ある理由で俺はパーティを抜けさせてもらおうと思う」

「……マジで言ってんのか？」

「ああ。アズリーも同じだ」

「アズリーもだと？」

訝しむヴィクターの視線が隣に並んだ人物に向かった。

「私も今日で抜ける。三十階層を突破できたってことでキリもついたしね」

「……突然の話だな」

「そうでもないんだ……ジェリタが死んでからずっと考えてたの」

「俺が死なせたって言いたいのか？」

「それも少しはある。でも一番は家庭の事情……かな。タイミングが重なっちゃってね。冒険者をやれなくなったの」

寂しげな様子のアズリーに、ヴィクターは「勝手にしろ」とぶっきらぼうに言った。

一番慌てたのはダンだ。驚いた顔でリーダーに再考を迫った。

「ヴィクターさん、サルコスさんもアズリーも抜けたらやっていけませんよ」

「仕方ねえだろ。ついてこれないやつらを引き留めてどうなる？　俺が足を引っ張られるだけだ。また違うやつを探すさ。冒険者は掃《は》いて捨てるほどいる。てめえも辞めたいなら抜けていいんだぞ」

「ぼ、僕はヴィクターさんについていきますよ！」

「……ふん」

ヴィクターは鼻で笑って踵《きびす》を返した。

サルコスがその背中に野太い声をかける。

「世話になったな、ヴィクター」

「それはお互い様だ」

ちょうど冷たい夜風が吹いてきた。

ヴィクターが足を止めて振り向いた。顔は皮肉に歪んでいる。

「そういえばお前ら、異様に仲が良かったな」

くつくつと笑いながら言い残したヴィクターは、後ろに続くダンを見もせず、闇夜の道に呑まれるように消えた。

黙って見送ったアズリーがサルコスを見上げた。

「私たちの関係、知ってたと思う？」

「どうでしょう……まあ彼も一級の冒険者ですから、気付いたとしても不思議ではありません。ミノタウロスに出会っていなければ良いリーダーになっていたでしょうし。それにしても……彼らはこれからどうするのでしょうね」

同じパーティだった仲間の将来を憂いたサルコスが、気持ちを切り替えるように咳《せき》ばらいして歩き出した。

「さて、お嬢様のこれからの予定ですが、まずはご実家に帰ることです」

「聞いただけで気が重くなるんだけど……」

「我慢してください。それと……先のことを見据《みす》えて、専属のガーディアンをどうするかですね。ヴィクターをあてにできなくなったからには、他の者を新たに探さねばなりません」

「それなんだけど……」

アズリーがロッドを後ろ手に持ち替えて、上空を見上げた。

寒々しい夜空には静かに輝く弦月《げんげつ》が顔を見せている。

脳裏に知った人物の顔が浮かび上がった。

「声をかけてみたい人がいるの」

「一から探すことを思えば、それは願ったりかなったりですが……」

「家柄とかは別に構わないよね？」

「未経験なら迷宮に放り込むことにはなりますが、家柄は特に問題ないでしょう。家名を与えれば済みますし、そんなことを気にする余裕もありません……ところで、その人物の名前を聞いても良いですか？　冒険者ですか？　まさか憲兵に知り合いでも？」

「うーん……まだ内緒。ちょっと調べてみてからまた教えるから」

「……どの程度の強さなのですか？　レベルは？」

「分からないけど、たぶん私以上には……」

「本当ですか？　お嬢様を超える現役の冒険者は数えるほどしかいませんが……」

サルコスが腕組みをして難しい顔で考え込んだ。

自分が知っている冒険者の名前を小さくつぶやいては、アズリーを横目で窺う。しかし彼女は空を見上げたまま意味深に微笑むだけだ。

何かしらの反応を期待していたサルコスが肩を落とした。

「ごめんね。たぶん名前を聞いても知らないと思うの」

アズリーがローブの上から魔法銃にそっと触れた。窮地を救った武器はすでに壊れて二度と使えない。

反動がすさまじかったのか、銃口から根本《ねもと》にかけて何本も亀裂《きれつ》が走っていた。

込められていた禁忌の魔法。

アズリーはサナトが言っていた言葉を思い出す。

『呪文は必要としないうえ、一《ひと》たびトリガーを引けば、いかなる敵も殲滅できると言われる魔法だそうです。もちろん僕は使ったことがないので見たことが無いんですけどね』

『効果は保証します。ミノタウロス戦でもきっと切り札として活躍できるはずです』

使ったことがないはずなのに、これ以上ないほど状況に適した魔法が込められていた。

全ての敵の動きを止め、一瞬で殲滅する。

まるで、複数を相手にするミノタウロス戦での窮地を先読みし、最適な魔法を選んだかのような確実さだった。

さらに魔法は二種類とも常識外のものだ。

特に後の一つは消費MPがすさまじいはず。ミノタウロスを一撃で殺せる魔法が上級の枠内に収まるとは思えなかった。

しかも予備の魔法銃にも魔法を込めたのであれば——

（達人級の大魔法を連発できる魔法使いってどんな人なの。悪用したら大事件にもなるそれを通りすがりの人間に与えるはずがない。少なくとも——）

アズリーの瞳に確信めいた光が灯《とも》った。

考えれば考えるほどに、魔法銃をもらった時のサナトの言葉は引っかかった。

（サナトさんは、大魔法使いと親密《しんみつ》な関係にあった弟子《でし》ね。何かあった時のために師匠が渡したっていう可能性が一つ。でも、もしそうでなければ……あの魔法を込めたのは……）

アズリーが俯いてつぶやく。

「本人ってことよね。色々信じがたいけど……」

「お嬢様？」

「あっ、ごめんなさい。気にしないで」

アズリーは軽く手を振った。考えても分からないことだらけだった。

だからまずはサナトを探そう。それだけを心に決めて、熱を冷ますような夜風に晴れやかな気持ちで吹かれた。

第三十一話　足跡の無い道

――少し時を遡《さかのぼ》る。

三十階層をやすやすと突破したサナト達は下の階層に降りる長い階段を下り、三十一階層に進んでいた。

例によって、そこは草原だった。戦いの気配の無い空間では色鮮《いろあざ》やかに咲《さ》き乱れる花が四人を歓迎した。

殺伐《さつばつ》とした迷宮内。希少な心洗われる光景をリリスは嬉しそうに眺め、バールは不愉快そうに眉を寄せ、そしてルーティアは――恐る恐るサナトの方を窺っていた。

サナトは花畑の中央付近に立っていた。

何かを考えこみ、振り返ったその表情は申し訳なさそうに見えた。

「ルーティア……さっき言った話なんだが……」

「うん……」

何を言われるのかと表情を硬くしたルーティアは息を呑んだ。

「悪いが俺の中に戻ってくれないか？」

「えっ……」

漏れた声はルーティアのものだ。だが別の場所でリリスも同じ声を上げた。

サナトがリリスを横目で窺い話を続ける。

「ようやく出てこられるようになって悪いとは思うんだが……しばらく俺の中で力を貸してほしい」

「私の力……を？」

「さっきの戦いを見ていたと思うが、俺は《ファイヤーボール》を外した。もちろん闇雲《やみくも》に撃ったわけじゃない」

サナトは苦笑しつつ腕組みをし、ルーティアを正面から見つめた。

「少し前に戦ったガーズってやつを覚えているか？」

「ザイトランって盗賊の横にいた？」

「ああ。レベル41の武闘家だ。素早さ２００ほどの敵だった。ここにいるバールはさらに素早い。比較されるのは不本意だろうが、こいつの素早さは２０００を超える」

バールが頷く。

ルーティアが不思議そうに首を傾げた。サナトは淡々と続ける。

「それに対してミノタウロスの素早さは130から150の間。そんな敵に俺が狙いをつけた《ファイヤーボール》がかわされた」

「……マスターはその理由が、私が外に出たからだって言いたいの？」

「そうだ。ガーズやバールは《ファイヤーボール》をなめて、正面から受け止めたからという理由もあるだろう。だがバールに至っては、その程度で俺との能力差が埋まるとは思えない。軽く腕を突き出しただけで、ローブごと胸を貫くようなやつだぞ。いくら狙いをつけても避けるのは容易《ようい》だったはずだ。バール、違うか？」

「さあ、どうでしょう？　私は仮定の話には興味が無いもので」

肩をすくめた悪魔は静かに笑うだけだ。肯定も否定もしなかった。

サナトが腕組みを解く。

「俺が単独で複数指定をすると明らかに速度が落ちる。おそらく狙いもわずかにずれるんだろう。それを補《おぎな》ってくれていたのが……ルーティアだ」

「マスター……」

黙って聞いていたルーティアが微笑んだ。リリスに意味深な視線を送り、しっかりと頷いて後ろ手に手を組んだ。数歩サナトに近付いて、下から覗き込む。

「そんなに気を使わなくても大丈夫だよ。私の力が必要だって言ってくれてるんだよね？」

「……ああ」

「なら、何にも気にせず、『中に戻れ』って命令するだけでいいんだよ。私はマスターのスキルなんだから。望むなら何でも言うこと聞くよ」

「そうか、悪いな……お前が外に出てからとても楽しそうにしていたから……言い出しづらかったんだ」

気恥《きは》ずかしそうに言うサナトの言葉を聞いて、ルーティアが満面の笑みを浮かべた。

そして、リリスにひらひらと軽く手を振った。

「必要とされてるみたいだから戻るね」

「はい……」

リリスの返事を聞いてルーティアは光の粒子へと姿を変えた。

風化《ふうか》した岩石が砂になっていくように、瞬く間にその場から消えていなくなった。

「すまないな……」

『すまないじゃなくて、「これから頼む」って言ってほしいなぁ』

「……改めて、よろしく頼む」

『うん！』

がちゃりとルーティアが身につけていた鎧と武器がその場に落ちた。そしてさらに柔らかい生地《きじ》のものが遅れて落ちた。

サナトがそれに気づき、慌てて手で隠すようにしてリリスに声をかけた。

「……リリス、回収しといてくれ」

武器、鎧、淡い桃色の下着が地面に落ちていた。

＊＊＊

迷宮の旅は順調だった。

グランロールタートルの風呂に毎度驚かされ、ルーティアの上機嫌なしゃべりに夜遅くまで付き合いつつ、リリスの無防備な寝言と寝相《ねぞう》に寝返りを何度も打ちながら、サナトは数日を迷宮内で過ごした。

あまりの居心地《いごこち》の良さに「地上に戻ろう」と言い出す気持ちは失《う》せていた。誰かが声をあげなければ、前に進めるだけ進もうと決めていた。

戦力ではルーティアを欠いたものの、リリスがいて、バールがいて、そして桁違いの速度で標的を捕捉するサナトが活躍した。

気持ち悪い動きでしゅるしゅると這いよる二股《ふたまた》の蛇《へび》をイメージ通りに捕《と》らえ、《ファイヤーボール》を放った。

瞬く間に黒焦《こ》げとなった蛇は、《スネークダート》と呼ばれる投擲武器を落として姿を消した。サナトは己の手のひらを見つめ満足げに微笑んだ。

「一体何匹倒せば終わるのやら……リリス、大丈夫か？」

「問題ありません。むしろどんどん敵の動きが読めるようになってきて驚いています」

「ほう……それはすごいな」

既に現れる敵のレベルは30。階層は三十九階層。

三十一階層を超えてから、三階層ごとに上昇していた敵のレベルの上がり幅が増えた。

ひたすら戦い続けているリリスのレベルが50を超えた。

ミノタウロスは冒険者にとって大きな壁だったのだろう。

三十二階層に踏み込んだ時の、目が点になるほどの数の敵がそのことを物語っていた。

このエリアからはほぼ未開の地なのだ。

それを裏づけるようにあちこちに落ちている魔石。大きなものから小石サイズのものまで拾い放題だ。

「移動用の目印はいくつか見かけたから、少しは突破したパーティはいるはずだな……っと、今度は上か」

サナトが《ウォーターランス》を数本放つと、天井の巨大なサソリが串刺《くしざ》しになった。

順番待ちをしていた群れに、次々と水の槍が突き刺さっていく。頭部への狙いすました一撃は一瞬でＨＰバーを振り切った。

サナトは何よりも正確無比《むひ》な狙いに満足した。

周囲の情報をほぼ確実に把握できる《神格眼》がそれに拍車をかけた。

気配を絶って天井から近付く敵も岩陰に潜む敵も問題にならない。たとえトラップが仕掛けられていても、その場所は罠の名前が表示されるから丸分かりなのだ。

さらに隣には自分を信頼して強くなっていくリリス。

「いいな。こういうの」

「ご主人様？　何かおっしゃいましたか」

「いや……」

敵に何度目かの《フレアバースト》を放ち終え、サナトは思いを巡らす。

少し前は考えられなかった生活だった。清掃係の自分がここまで来られるとは。

ひとりでに緩む顔をサナトは二度平手で叩いた。油断はいけない。ここは冒険者にとっては魔境《まきょう》だ。

一瞬のスキが死を招く場所。

魔石は山ほど持っているが、復活の輝石はリリスしか持っていない。

それに気になることもあった。

「バール、いやに無口だがどうかしたか？」

『そうよ。いつもならうるさいくらいしゃべるのに』

パーティメンバーに聞こえるように声を繋いだルーティアの言葉が頭に響いた。

彼女が最近身につけた能力だ。

「いえ、別に」

赤髪の悪魔は遠くを見つめながら、なんでもないと肩をすくめた。

未《いま》だに衣服に乱れがないのは隔絶した強さを持つ証だ。

「何かあるなら言えよ」

「……お気遣《きづか》いなく、サナト様」

別に気を使っているわけじゃないぞ、と心中で答えつつサナトは再び歩き出した。

＊＊＊

四十階層のボス部屋に到達した。

奇怪な紋様《もんよう》が描かれた巨大な門は変わらず。だが手前には誰もいない。移動用目印の金属棒も片手で数えられるほどだ。

サナトはぐるりとあたりを見回した。三十階層の活気が嘘のような静けさだ。

ふと見ると、二体の骸《むくろ》が入口近くで事切れていた。深い傷にまみれた鎧を着た一体と、軽装備の一体。連れ添うように大きな岩にもたれかかっていた。

激戦《げきせん》を乗り越え、たどり着いた瞬間に力尽きたのだろうか。

溢れかえるモンスターから逃げまどいつつ、気付いた時にはたった二人が残された。ありそうな話だ。

「俺もあの時、一階層で死んでいればこの二人と同じだったろうな」

ウォーキングウッドの群れの前で早々に諦めたことを思い出した。

アズリーに助けられ、謎のドラゴンと出会い、ルーティアやリリスと出会った時の記憶が走馬燈《そうまとう》のように湧きあがって消えた。

この世界は一歩踏み外せば誰もが同じだ。

何とも言えない寂寥感《せきりょうかん》に突き動かされ、物言わぬ骸に近付いて合掌《がっしょう》する。

この世界で見られない死を悼《いた》む動作を眺めていたリリスが、見よう見真似でサナトに続いた。

そして、ふと何かを拾い上げた。

「ご主人様……これは？」

「珍しい形のペンダントだな。鷲《わし》をかたどったペンダントか……」

サナトは傷一つないペンダントを眺めた。

中央には緑色の小さな宝石がはまっている。裏を返すと、『鷲78－ライル』と刻印《こくいん》があった。装飾品というより勲章《くんしょう》に近い代物《しろもの》に見えた。

「こいつの形見《かたみ》ってことになるんだろうが、何かの縁《えん》だ。上に出たらギルドにでも届けてやろう。リリス、持っていてくれるか？」

「はい……」

「どうした？」

「いえ……何でもありません」

リリスはアイテムボックスにゆっくりとペンダントを片づけると、先に歩き出したサナトを追うように立ち上がった。

リリスの脳裏にはなぜかさっきの二人の映像がこびりついていた。

サナトの隣で屍《しかばね》となる自分を思い浮かべてみる。主人と共に死ぬことに恐怖は感じない。けれど、それは最善ではないとすぐに答えが出た。

「……私は、もう二度と死なせたりしません」

誰に聞かせるつもりもない、己に課した使命だ。

リリスは巨大な門へと足を進める主人の背中を見つめた。不釣り合いなバルディッシュを軽々と持ち上げ、強い意志を瞳に宿して歩き出した。


「……どうしますか？」

第三十二話　遥か高み

部屋は異様な臭気《しゅうき》で満ちていた。

鼻が曲がるほどの獣の濃い体臭に全員が顔をしかめた。長い時間部屋がリセットされていない証拠でもある。

部屋の構造は変わらない。巨大な銀色の扉を潜《くぐ》り抜けると、まるでコロシアムのような広場が用意されていた。

サナトは中央に鎮座する黒い塊を確認し、室内を観察する。

「この迷宮でボスが一匹というのは初めてだな。隠れているわけでもないようだ」

「はい……でも、すごく強そうです」

リリスは目の前の獣をにらみつける。と同時に遮蔽《しゃへい》物の無い空間の中央で、六つの灰色の瞳が開かれた。

伏《ふ》せの体勢から、二本の前足を使って上半身を起こし、動きを確認するように長い尾を振った。

地面に転がっていた人間の頭部ほどの石が、踏み出した足の下敷《したじ》きになり、ぐしゃりと音を立てた。

外観は黒い体毛に包まれた狼。体格は象に比肩するほどに大きい。

頭が三つ。安眠《あんみん》を妨害されたと怒るかのような低い唸り声が壁に反響した。

「ケルベロス……冥界《めいかい》の番人か。まさかファンタジーでも名高い敵と出会うことになるとは思わなかった」

サナトは感慨《かんがい》にふけった。

自分が強くなっていることはすでに感じていた。強力な魔法に防御壁。ステータス異常に回復魔法。他の冒険者を上回るほどになった。

とうとうこれほどの敵と対峙《たいじ》できるようになったという満足感が押し寄せた。

「油断はするな」

自分を戒めるつもりで言葉を放った。

「来ますっ！」

初撃は力任せだった。

ケルベロスはその巨体からは想像もできないほどの俊敏《しゅんびん》な動きを見せた。四足と体重を活かした強烈《きょうれつ》な無策《むさく》の突進だ。一瞬で近付く、てらてらと光る赤い口内と牙。

それぞれの頭が、バール、サナト、リリスの三人に一度に鋭い牙を突き立てた。

噛みつけたのはサナト一人だけだ。

残りの二人はケルベロスが見失うほどの速度で左右に移動済みだ。

忌々《いまいま》しいと語る獣の瞳が二人をにらみつけ、中央の頭はサナトの体を噛み砕かんと顎に力を込めた。

だが、いつまでたっても口は閉じなかった。

「無理そうだな」

サナトが冷ややかな声を放った。

灰がかった幾層《いくそう》にも連《つら》なる鋭い牙は体を取り巻く金色の壁に阻《はば》まれていた。

「ご主人様から離れなさいっ！」

怒りをたっぷり含んだ声が放たれるのと同時に、獣の毛深い足が地面からふわりと浮いた。

リリスがバルディッシュの柄で力任せに殴ったのだ。

巨体が弾かれたように宙を舞い、無様に背中から落ちた。振動が伝わり空間がきしみをあげた。

「グッ……」

黒き獣はうめき声をあげて地面をのたうち回った。

どれほどのＨＰが削られたのか。

体勢を整えようとして、前足が思うように動かずつんのめった。

数秒が経過する。

淡い光がケルベロスの体を数度包み、ようやく荒い息を吐きつつ立ち上がった。瞳には強い警戒の光が浮かんでいた。

ようやく相手の力量を理解したのだろう。

「さすがに《HP中回復》は伊達《だて》じゃない。こんな感じになるんだな」

ケルベロスは保有スキルに《HP中回復》がある。リリスの柄殴りで大きなダメージを与えられたものの、自動回復で持ち直したのだ。

冷徹《れいてつ》に《神格眼》でHPの変動を見つめていたサナトは、隣に戻ってきたリリスを見やった。

「……ところで、リリス……俺がやると言ったと思うのだが……危なかったぞ。もう少しで死んでいた」

「す……すみません。ご主人様に失礼なことをしていたのでカッとなってしまって……」

「噛みつきのことか?」

「いえ、よだれです……」

サナトはなるほどと頷いて《光輝の盾》を解除した。

周囲の地面がケルベロスが吐いた唾で色を変えていた。

「盾を使っているから安心してくれ」

「……はい。すみません」

「では、気を取り直して……やるか」

右手を突き出した。

ケルベロスが後ろ脚に重心を移して体をこわばらせている。ひどく警戒している。

「さあ、素早さ200超えのボスは避けられるのかな？」

見慣れた《ファイヤーボール》が放たれた。炎の塊が敵を燃やし尽くさんと気勢《きせい》を上げる。

ケルベロスは迷わなかった。

この敵は何かある。そう思わせるかのように瞬時にバックステップを踏み、さらに左へと大きく移動する。

異常な警戒をしつつ俊敏な動作で迂回するつもりだろう。

「……ほお……ルーティアの力を借りるとこうなるのか」

サナトが目を見開いた。

空中で燃える紅玉がまるで獣の進路を予測していたように追いかけた。すさまじい速度の上昇も加わっている。

直角に近い急激な方向転換に、リリスはもちろん、ケルベロスも驚愕の表情を見せた。

瞬《また》く間だった。

黒き獣は横っ腹に炎の衝突《しょうとつ》を受けて吹き飛んだ。瞬く間に炎が全身を呑み込んだ。

「さすがは魔防100超えのボスだな。HPが400を超えると一撃は耐えるのか」

『残り30程度。ギリギリだね……ダメージは少し変動するから運が良ければ死んでたかも』

ルーティアが静かに分析結果を告げた。

サナトが腕組みをして、地を転がっているケルベロスを眺める。

「一発で殺せるにこしたことはないな」

『でもマスターは複数指定で同じ相手に魔法を撃てば攻撃力上がるんでしょ？』

「……いくら《ファイヤーボール》でも一瞬で十発も放つなんて異常だ。見た目も火の玉が大きくなって派手になる。ちなみにリリスは同時に十発放てるか？」

「とてもできません。数秒ごとに放つのが限界です。呪文もありますし」

首を左右に振ったリリスは誇らしげに胸を張り、サナトを熱い瞳で見つめた。

「《火魔法》上級のリリスですら呪文の制約がある。できれば見た目だけは《ファイヤーボール》一発分にしておきたいな」

『でも攻撃力は500以上にできないよ』

「分かってるさ。だから例えば《ファイヤーボール》の《その他》を変化させて追加効果を加えられないか考えているんだ」

『あっそういうこと。それは可能性があるかも』

「攻撃力が限界なら他で工夫すれば――」

「サナト様、一つ提案があります」

話を黙って聞いていたバールが、サナトの言葉を遮った。

このタイミングでなんだろうかと訝しく思いつつ、サナトは先を促す。

「ケルベロスにも《フレアバースト》を放ってはどうでしょう？」

「……なぜだ？」

「クラスの異なる魔法ならば攻撃力が同じであってもダメージは違うのかと思いまして」

「なるほど……それは確かに……ん？　バールは《フレアバースト》のクラスを知っているのか？」

「少なくとも初級クラスではないでしょう」

「まあ、それはそうだな……」

『え？　マスターやるの？　私の計算結果は変わんないけど』

「簡単な実験だ。試してみよう」

サナトはバールの言うことも一理あると考える。

そもそもすべてを数字で測《はか》れる世界では無いかもしれない。

幸い目の前には回復を終えて、のそりと立ち上がった獲物がいる。

あっさりと二度も死の淵を歩かせられては、たまったものではないだろう。

獰猛《どうもう》な肉食獣が、サナトの視線を受けて驚くほど素早く距離を取った。怯え方がまるで小動物のようだ。

「今度は最初から逃げる意味がないぞ」

にやりと笑ったサナトは全体攻撃魔法の《フレアバースト》を使用した。

小さな火の玉が空中に浮かび上がり、ケルベロスは理解が追い付かないまま呆然《ぼうぜん》と見上げた。

＊＊＊

「結果は変わらず……か」

「そのようですね」

『言った通りでしょ？』

再びＨＰを30程度残したケルベロスが死に体《たい》となって荒い息を吐いた。

独《ひと》りでにＨＰ回復を行うスキルは諸刃《もろは》の剣《つるぎ》だ。回復するたびにＭＰを消費するという矛《む》盾《じゅん》を孕《はら》んでいる。

回復すればするほど体力を失うのだ。

「よし、結果は分かった。やはり《その他》を変更するしか無さそうだな。リリス、ケルベロスに止《とど》めを刺してくれ」

サナトの言葉に頷いたリリスが、ケルベロスの首元めがけて大きなバルディッシュの刃を振り下ろした。四十階層のボスは瞬く間に光の粒子に変わった。

「おっ、下への扉が開いたな」

『よーし、次行こうっ！』

「次は何階層でしたっけ？」

『四十一階層だよ！　いつものパターンなら、次は敵の出てこないお花畑だね。ちょっと休憩《きゅうけい》していく？』

「いや、先に進もう。それと……思っていたんだが、下に潜るほど階層の面積が小さくなっていないか？　なんとなく歩く距離が短くなっている気がする」

サナトが自信なさげに首をひねった。

『えーっと……あっ、ほんとだ。だんだん狭くなってる。マスターすごーい！』

「ということは、このダンジョンはすり鉢《ばち》形になってるってことか」

マッピングを常時行うルーティアは気付かなかったようだ。

サナトは苦笑しつつ下の階層へと足を進めた。今までで最も綺麗な道だった。何年も使われていなかったのか、そもそも人が通ったことがないのか。

壁も階段も年月を感じさせない。

開《ひら》けた空間に出た。予想通りの緑豊かな草原。混じる色とりどりの花。

リリスが表情を緩めて駆け出し、サナトがゆっくりと後を追った。

「リリス、休憩したいなら構わないぞ？」

「大丈夫です！　毎回ここに来ると嬉しくなっちゃうだけなので」

朗《ほが》らかに笑うリリスにサナトが表情を緩める。

しばらくこの光景を見ていたいという小さな欲求が湧き上がった。

「急ぐ旅でも無いし、少し休んでいくか。――っ⁉」

休憩を提案しようと心変わりしたときだった。

《神格眼》に映った情報に息を呑んだ。視界が切り替わり《時空魔法》と思《おぼ》しき予兆を察知した。

ほんの数秒後だ。前方に二つの反応。

素早く後方にいるバールを盗み見た。

だが悪魔はその場に残っている。魔法も使用していない。

「一体、誰だ……」

サナトは近付いてくる不吉な影に思いを巡らせた。

同時に――

バールがひっそりと口角を上げた。

あとがき

この度は文庫版『スキルはコピーして上書き最強でいいですか2』を手に取っていただき、誠にありがとうございます。作者の深田くれとです。

二巻は何度も筆を止めた箇所《かしょ》と、一度も筆を止めることがなかった箇所が組み合わさった巻という意味で、筆者にとって思い出深いものとなっています。

前者はルーティアとバールの登場から始まるリリスを中心とした心理描写であり、後者はアズリーやヴィクターたちの奮闘《ふんとう》を描いた部分です。

主人公が最強に到達したあとにどう話を展開していくのか。色々な方法がある中で二巻は主人公以外にフォーカスするという選択をしました。

けれども、思っていた以上に周囲の描写に苦労し、何日も筆を止める結果となりました。サナトのシニカルな雰囲気やリリスの性格に加え、一巻の物語の印象が強すぎて、明るい日常への切り替えがうまくできなかったのです。

その結果、真面目な心理描写と異世界のちょっとした幸せなひと時という形を描くに留まり、思い描いていたものが満足に表現できなかったという反省があります。

明るいルーティアが当初の予定より早く登場した理由でもあります。

彼女がいなければ、きっとひどいことになっていたでしょう。

一方、アズリーたちの描写は驚くほどスムーズに進みました。

「最後に魔法銃を使う」という結論のみ設定し、ヴィクターはプライドの高い剣士、サルコスは良い人、ダンは線の細い魔法使いぐらいの認識だったのですが、ミノタウロスに挑戦すると決めてから面白いほど全員で物語を作ってくれました。

作品を通しても好きな場面の一つです。

ミノタウロスの配置図を眺めつつ、どんな武器が良いか、メンバーが欠けたパーティはどんな戦略を採《と》るかなどを想像し、描いていてとても楽しかったです。

登場人物が揃ってきたところで、物語は「魔法とは何なのか」という問いを紐解《ひもと》きながら続きます。

このタイミングでサナトに近づいてくる者は誰なのか。バールの本当の目的は何なのか。今後の展開を楽しんでいただけると幸いです。

最後になりましたが、読者の皆様をはじめ、前巻に引き続き本書の刊行にあたってご尽《じん》力《りょく》いただいた、すべての関係者の皆様に厚く感謝申し上げます。

二〇二一年四月　深田くれと

「銀座編」開幕!!
累計630万部突破!
(電子含む)
ゲート SEASON1〜2
大好評発売中!
漫画
最新20巻
大好評発売中!
SEASON1　陸自編
単行本
文庫
漫画
漫画：竿尾悟
●本編1〜5／外伝1〜4／外伝+
●定価：本体1,870円(10%税込)
●本編1〜5〈各上・下〉／
外伝1〜4〈各上・下〉／外伝+〈上・下〉
●各定価：本体660円(10%税込)
●1〜20(以下、続刊)
●各定価：本体770円(10%税込)
SEASON2　海自編
単行本
最新4巻
〈上・下〉
大好評発売中!
文庫
●本編1〜5
●定価：本体1,870円(10%税込)
●本編1〜4〈各上・下〉
●各定価：本体660円(10%税込)

大ヒット 異世界×自衛隊ファンタジー！
ゲート0《ゼロ》
GATE:ZERO
自衛隊銀座にて、斯く戦えり
〈前編〉
柳内たくみ
Yanai Takumi
ゲート始まりの物語
「銀座事件」が小説化！
20XX年、8月某日――東京銀座に突如『門（ゲート）』が現れた。中からなだれ込んできたのは、醜悪な怪異と謎の軍勢。彼らは奇声と雄叫びを上げながら、人々を殺戮しはじめる。この事態に、政府も警察もマスコミも、誰もがなすすべもなく混乱するばかりだった。ただ、一人を除いて――これは、たまたま現場に居合わせたオタク自衛官が、たまたま人々を救い出し、たまたま英雄になっちゃうまでを描いた、7日間の壮絶な物語――
首都東京に、突如開かれた『門』。
中から現れた怪異達が、人々の殺戮を開始した――
銀座崩壊！
その時、日本を救ったのは、一人のオタク自衛官だった？
630万部！
●ISBN978-4-434-29725-0 ●定価：1,870円（10%税込） ●Illustration：Daisuke Izuka

ネットで人気爆発作品が続々文庫化!

アルファライト文庫 大好評発売中!!

世に悪名轟くクズ王子。
しかしその正体は——
剣に生き、
剣に殉じた最強剣士!?

前世は剣帝。今生クズ王子 1~4

1~4巻 好評発売中!

アルト *alto*　illustration 山椒魚

**生まれ変わっても戦場に駆り出されて
グータラ生活は夢のまた夢!?**

かつて〝剣帝〟と讃えられた一人の剣士がいた。戦いの日々の果てに自ら死を選んだ彼は、ディストブルグ王国の第三王子、ファイ・ヘンゼ・ディストブルグとして転生する。前世での生き様を疎み、今生では〝クズ王子〟とあだ名される程のグータラ生活を送っていたファイ。しかしある日、隣国との盟約により戦争に参加する事に——。グータラ最強剣士ファンタジー、待望の文庫化!

文庫判　各定価:671円(10%税込)

アルファライト文庫

この作品に対する皆様のご意見・ご感想をお待ちしております。

おハガキ・お手紙は以下の宛先にお送りください。

【宛先】

〒150-6008 東京都渋谷区恵比寿 4-20-3 恵比寿ガーデンプレイスタワー 8F
（株）アルファポリス　書籍感想係

メールフォームでのご意見・ご感想は右のＱＲコードから、
あるいは以下のワードで検索をかけてください。

アルファポリス　書籍の感想　検索

ご感想はこちらから

本書は、2019 年 10 月当社より単行本として
刊行されたものを文庫化したものです。

スキルはコピーして上書《うわが》き最強《さいきょう》でいいですか 2
改造《かいぞう》初級《しょきゅう》魔法《まほう》で便利《べんり》に異世界《いせかい》ライフ

深田くれと（ふかだ くれと）

2022年 4月 30日初版発行

文庫編集－中野大樹／宮田可南子
編集長－太田鉄平
発行者－梶本雄介
発行所－株式会社アルファポリス
　〒150-6008東京都渋谷区恵比寿4-20-3恵比寿ガーデンプレイスタワー8F
　TEL 03-6277-1601（営業） 03-6277-1602（編集）
　URL https://www.alphapolis.co.jp/
発売元－株式会社星雲社（共同出版社・流通責任出版社）
　〒112-0005東京都文京区水道1-3-30
　TEL 03-3868-3275
装丁・本文イラスト－藍飴
文庫デザイン—AFTERGLOW
（レーベルフォーマットデザイン－ansyyqdesign）
印刷－中央精版印刷株式会社

価格はカバーに表示されてあります。

落丁乱丁の場合はアルファポリスまでご連絡ください。

送料は小社負担でお取り替えします。


ISBN978-4-434-30207-7 C0193